# 家出少女は危険すぎる

瞬那 浩人
shunna hiroto

衝撃の最新作！

フーダニットミステリー小説

読者の名前が作中に登場！

## 誰が殺ったのか？

素人探偵が事件を追う

それは水の張っていない
水槽の中でじっとしていた
人形ではない
全裸で仰向けになり、
両足は水槽の縁に掛かっていた
刺し傷の数は数える気にならなかった

《目次》

## 《登場人物》

向井陽菜……………高校三年生
永井早苗……………大学生、向井陽菜の先輩
守田光希……………高校生、向井陽菜の友人
下山田英明…………大学生、向井陽菜の先輩
今司玉美……………大学生、永井早苗の友人
三原信子……………短大生、永井早苗の友人
柴田亜紀……………大学生、下山田英明のガールフレンド
水原朋子……………大学生、下山田英明のガールフレンド
後藤弘美……………大学生、下山田英明のガールフレンド
片桐秀樹……………大学生、後藤弘美の友人
神宮寺彰兵…………ホームセンターの従業員

太田直………………ネットカフェの従業員
鳥居祐介……………ネットカフェのオーナー
平野篤、洋子………死体発見者とその妻、愛犬は晴来
向井芳雄、和江……向井陽菜の両親

伊藤進………………特殊能力を持つ刑事
高塩昌利……………刑事、伊藤刑事の相棒
澁井徹………………警部、伊藤刑事の上司
脇山公彦……………検視官
琴原総一郎…………管理官
弥永恭子……………取調官

# 第一章　家出

## 1　向井陽菜《はるな》

　はずみで家を出た。でも後悔はしていない。遅かれ早かれ避けられないことだったから。向井陽菜はそう自分に言い聞かせて歩道を歩いた。柔らかい光がモザイク調の石畳を照らしている。見上げると青緑色の鉄柱の上にガラスの箱がちょこんと乗っかった街灯。パリかウィーンの古い街並みを模しているのかもしれない。陽菜はそう思った。彼女自身、一度もヨーロッパに行ったことはないのだが。

　今歩いている銅場《どうば》市は陽菜の自宅がある多兼《たかね》町の隣町である。電車で十分あまりという近い距離なのに、多兼町と比べれば、ずっとお洒落で都会の雰囲気がある。ただ今は歩きにくい石畳に閉口する。キャリーケースを転がすのには相応しくない。休みの日には、守田光希《みつき》とこの街のゲームセンターによく通った。しかし、深夜この街を歩くのは初めてだった。光希はテストで零点をとることに全く罪悪感をもっていない。先生は光希には厳しいが、

# 第一章　家出

自分にはそれほどでもない。思考はポンポンと飛び回る。理由は解っていたが、今またテストのことを連想しなくてもいいのに。陽菜はアヒルの唇を作った。

目にチカチカした光が射し込んだ。レトロなネオンサイン。黄色と赤紫の微妙な配色。ネオン管の一本が切れているのか、文字の一部が消えている。場末の雰囲気が漂うバーだ。大きな木製ドアは何とも重厚な感じだが、ひどく汚れている。そこから太った中年の男が出てきた。運動音痴じゃないつもりの陽菜だったが、身体の向きを変えるのが遅れた。中年男は深夜の街を一人で歩く女子高生に対して卑猥な視線を投げることはなかった。こちらに注意を払うことなく、ふらふらと歩いている。相当酔っていて足元が覚束ないようだ。陽菜が乗ったのは最終電車だった。だから駅に行っても電車は動いていないはずなのに。いったい男は何処に行くのだろう。そんなどうでもいいことを考える。

陽菜の歩みと共にゴロゴロと鳴っていた音が突然ガシャッと変わり、陽菜の右手に衝撃が加わった。陽菜はキャリーケースを忌々しそうに見る。可愛い赤い色とコンパクトに折り畳めるのが気に入って、去年の旅行の時に買った物だ。親には女友達との旅行と嘘をついてカレシと一泊した。あの嘘は今でもばれていない。あの時は、アイツはまだ真面《まとも》だったから、旅行自体は楽しかったけど、キャリーケースを使ったのはあの一回きりになった。実際に使ってみると、金属部分の作りがチープで少しがっかりさせられた。今、キャスターは石畳の溝に引っ掛かっている。陽菜が通った道で、キャスターがピタリと嵌り込むための条件がそろう唯一の角度に見える。

よりによって……。陽菜は舌打ちをすると、両手でハンドルを引っ張った。キャリーケースを持ち上げて溝のない場所にずらす。

「確か、このあたりなんだけど」

陽菜はキョロキョロと周りを見回して、「あったー」と頓狂な声を上げた。

メイディンボールと読める看板だった。通りをひとつ間違えてしまったので、深夜の街を二十分近くも歩いてから、ようやく目的のネットカフェを見つけた。秋の夜の空気は頭を冷やすには好都合だったが、脚の疲れは軽くならなかった。引きずっているのは鉛の錘を繋がれている囚人の足みたいだ。陽菜は上半身からその店に吸い込まれていった。

受付カウンターには料金表が掛かっていた。入店時刻が遅かったので、予想していたよりも安かった。ピンクの長財布から千円札を出す。ひょろっとした若い店員に案内されたスペースはパーティションがあり、最低限のプライバシーは確保されるようだ。陽菜はキャリーケースをパソコンデスクの脇に押し込んでから、自分の身体をリクライニングチェアにバタンと倒した。両親に向かって大声を喚き散らしたのは、たった一時間余り前だったが、ずっと昔の出来事に感じる。スキニーデニムをずり下ろして両脚の脹脛を拳でトントンと叩く。じわじわと自己嫌悪に襲われる。それを振り払おうと激しく首を振る。

いつだって父の帰宅は遅く、夜の十時を過ぎるのが常だった。それが今日、いや既に昨日のことだが……。

＊

# 第一章　家出

　陽菜が家に帰ると、玄関の沓脱には黒い革靴があった。それで父が帰っていることが解った。玄関からまっすぐ廊下がある。一番奥のドアを恐る恐る開けた。リビングダイニングには、腕を組んで難しい顔をした父が座っていた。

「こんなに遅くまで、受験生が何をやっているんだ」

　穏やかな声とは裏腹に、テーブルの上の紙をタッピングする太い人差し指は苛立たしさを放っていた。陽菜は突っ立って、その紙を見た。前日母に言われて、しぶしぶ出したものだった。夏休み明けの模擬試験の成績表。結果は予想を超えて最悪だった。しかし陽菜自身、却って良かった、と思ったくらいだ。そのことで決心がついたのだから。

「あたし、大学には行かないから」

「なんだって！」

　久しぶりに父の怒鳴り声を聞いた。最近は殆ど父と会話することもなかった。

「お父さんなんか、勉強しろ勉強しろって、言うばっかじゃん」

　自分じゃないような声が陽菜の耳に入った時、心が開放された気がした。

「学生が勉強するのは当たり前だろ」

「お父さんは、あたしが何をしたいのかなんて、どうでもいいのよ。あたしが髪を染めた時だって」

「学校で禁止されているじゃないか。染めたければ、大学に入ってからでいいだろ」

「んもぉお、全然解ってなぁい」

父は溜息をついてから母に向かって怒鳴った。

「おまえの教育がなってないんだ」

「何ですって、あなたは外で好き勝手なことをしているくせに」

母と父が言い争いになった。母は父ほど口煩くはなかったが、愛されている実感は少しも持てなかった。両親は不仲で陽菜は一人っ子だったから、家の中に三人がいても、皆がバラバラの状態だった。そういうこともあって、三人の醜い口論はエスカレートしていった。皆が言わなくてもいい言葉を怒鳴りあっていた。

「もう、こんな家、ほんとに嫌っ。お父さんもお母さんも大っ嫌い」

「誰のおかげで何不自由なく暮らせていると思っているんだ。出ていけ。そんなにこの家が嫌なら出ていけー」

興奮した父の声。陽菜は何も言い返すことなく自分の部屋に駆け込んだ。

陽菜が小さかった頃は、休みの日はよく親子三人で家の近くの公園に出かけたものだった。そんな習慣がなくなり、気がつけば、不機嫌そうな顔で黙って食事をする両親の顔を見るのが朝の日常になっていた。いつから両親は不仲になったのだろうか。

陽菜は荷物をまとめた。コンコンとドアをノックする音を聞いた。

「入っていい?」

母の声が聞こえたが、陽菜は返事をしなかった。荷物を持って部屋から出ると、母は狼狽の様子を見せた。しかし父は止めなかった。初めから父に止めてもらいたいなんて気持ちはなかったが、それでも悔しかった。父が止めなかった理由は解っている。二度目の家出だから、高を括っていたのだ。二か月前の家出は近所、と言っても、歩いて十分以上の距離だが、光希の家に転がり込んだ。陽菜にとっての親友。お母さんの佑香さんもいい人で「一日だけなら」と言って泊めてくれた。今は一人暮らしになっているから、その点では、前の時よりも泊めてもらい易いのだが……。

　今回は光希の家を素通りした。彼女に頭を下げたくない理由がある。家を出る前にスマホで時刻表を確認していた。余裕があると思っていたが、キャリーケースに着替えを詰め込んでから、一枚の葉書のことを思い出し、それを探すのに時間がかかった。

　駅までの道を歩きながら、陽菜はスマホで時間を確認し早足になった。二十四時間営業で宿泊もできるネットカフェは陽菜が住んでいる町にはなかった。息を切らして駅に着いたのは、最終電車の三分前。陽菜はギリギリで電車に乗り込んだ。

　乗客は少なかった。サラリーマン風の男が車両の中で均等に散らばっている。そんな集団の中で父親くらいの年嵩の男がジロジロと陽菜を見てきた。陽菜は男の視線を避けるため隣の車両に移動した。暫くすると目的の銅場駅に着いた。

　陽菜はネットカフェ、メイディンボールで一夜を明かした。空腹を感じて起きたのは、午前十時の少し前。店内で菓子パンを買って、ネットサーフィンをしていたが、正午になると、それにも飽きて店を出た。ブラブラと街を歩いていたのは、行き先を迷っていたからだ。駅前のハンバーガーショップに入った。お気に入りのミセス・グリーン・アップルのＢＧＭが掛かっていて、陽菜のテンションは少し上がった。期間限定のメニューを食べると、やっと行き先を決めた。

高井駅から特急に乗り換えた。自由席は空いていた。窓際の席に座って車窓を眺める。陽菜は中途半端に尖った山と丸い山とが連なるバランスの悪さが嫌いだった。裾野に張り付くこま切れの田んぼにも気が滅入る。そんな毎日見慣れた田舎の風景から、人工的な直線が増えていく。視界の中に高いビルの比率が増すにつれて、陽菜は家出ということを忘れてワクワクしてきた。

特急列車に二時間近く乗ってから、私鉄に乗り換えた。帰宅ラッシュ前だからか、乗客は思っていたより少なくて、それだけ見れば、自分の住む沿線と大差がないと感じる。もっとも電車の本数は全然違うし、スウィートやメンズノンノでしか見たことがないファッションを、さりげなく着こなした若い人が多いので、田舎ではないことを思い知らされる。

敷絵《しきえ》という駅で降りた。郷木《ごうき》市の中では小さな駅と思うが、学生の街という雰囲気がある。日没時刻は過ぎていると思うが空はまだ明るい。陽菜にとって初めての街だった。この街でひとつだけ行く当てがあった。スマホの地図アプリを開くと、その場所が表示される。陽菜は思い切って歩き出した。

＊

「まあ、向井じゃない。どうしたの」

その声で目を覚ました。いつの間にか眠っていたようだ。目の前に白く細い脚が見えて、陽菜は立ち上がった。

「あっ、どうも、こんにちは。ご無沙汰しています。あっ、こんばんは、ですよね」

陽菜はペコリと頭を下げた。永井早苗に会うのは卒業式以来だから一年半ぶりだった。

彼女の印象はあまり変わっていない。高校時代の制服を着ているのかと間違ってしまいそうだ。濃紺のスカートは野暮ったいし、染めていないショートヘア、化粧っ気のない顔は高校生と言っても通用する。

「びっくりしたわよ。帰ってきたら、玄関の前で女の子が体育座りしているんだから」

陽菜はくすりと笑った。

「なに？」

「ううん、びっくりしたと言うわりには落ち着いていると思って」

「いつからここに？」

「うーんと、六時ちょっと過ぎくらいかな」

「じゃあ、二時間も。まあ、とにかく入って」

早苗はバッグから鍵を取り出して、ドアを開けると陽菜を招き入れた。

「ああ、ちょっと待って」

早苗は先に奥に入って雑巾を持ってきた。陽菜のキャリーケースを傾けると、雑巾でキャスターを一個ずつ丁寧に拭いた。陽菜は「すみません」と言うと、小さくなって頭を下げた。

玄関を入ってすぐにキッチンという間取りだった。四帖くらいの狭い空間だったが、冷蔵庫や洗濯機が機能的に配置されている。

「散らかっているから、あんまり見ないで」

「いいえ、すごく綺麗にしてあって、びっくりですよ。うちのお母さんとは全然ちがう」

それは正直な気持ちだった。キッチンの奥は六帖くらいの部屋がひとつあるだけ。床は一見フローリング調の安っぽい塩ビシートで施工されている。ベッドも机もシックな色合いで、女の子の部屋という感じではないが、真面目な早苗らしいと陽菜は思った。

「それにしても、よくここが解ったわね」

早苗は押入れから茶色のふっくらしたクッションを出して、それを陽菜にすすめる。

「あっ、ありがとうございます。はい、去年の年賀状で」

陽菜はまたペコリと頭を下げた。早苗は「ああそうか」と言って、部屋にあった同じ色で厚さが少し薄くなったクッションに座った。

早苗は陽菜が入部した吹奏楽部の二年先輩だった。三年生は十月で引退するので、実際に二人が一緒に活動したのは僅か七か月足らずだった。しかし陽菜は卒業した先輩の中で、早苗にだけは年賀状を送っていた。同じクラリネットを担当していたこともあって、陽菜にとっては一番親しくなった先輩だった。陽菜は自分が同級生で一番背が低いことに少しコンプレックスを持っていたが、早苗と並んでいると、コンプレックスを感じなくても良かった。早苗の身長も陽菜と同じくらいだった。

元日から十日遅れで、早苗からお返しの年賀状が届いた。パソコンで作ったらしく、手書きの文字はなかったが、アパートの住所も印刷されていた。家を出る前に見つけられたから良かったが、そうでなければ、ここに来ることはできなかった。

久しぶりに会って向かい合うと、予想できたことではあるが、早苗の表情は硬く、何となく気まずい雰囲気になってしまった。早苗は陽菜のキャリーケースを見ながら急に明るい声で訊いてきた。

「今日はどうして。もしかして旅行？」

「いえ、そうじゃないんですけど」

陽菜が家出をしたことを話すと、早苗は「大胆なことをするひと」と言った。その声に陽菜は棘を感じた。自分はいつだって大胆な行動がとれる。そう思いながらクッションに座り直し、神妙な顔で両手を合わせて、早苗を拝むような恰好をした。

「それで今日、先輩のところに泊めてもらえませんか？」

困った顔をされると思っていたが、早苗の表情は読み取り難かった。

「やれやれ。この時間だから、電車で帰るってわけにもいかないだろうし……」

ぎこちない笑いだった。それでも陽菜は意識して頓狂な声を上げた。

「ありがとーございまーす」

「これから夕飯を作るんだけど、向井はもう食べた？」

陽菜は首を横に振ってから自分の腹を触った。

「実は、お腹ぺこぺこで」

早苗は硬くしていた表情を崩すと、キッチンの方に首を回した。視線の先にはカンペが貼ってあるかのように「たいしたものはできないけど」と言って立ち上がった。陽菜は手伝おうとしたが、早苗は「慣れているから」と言って手伝わせなかった。

陽菜は早苗の手際の良い作業に見とれていた。ガスコンロの口は二口あった。早苗は一方に深鍋を置いてパスタを茹でながら、もう一方ではフライパンにベーコンやブロッコリーなどの野菜を入れて炒めていた。オリーブオイルとバジルを加えると、いい香りがしてきた。

「わぁ、おいしそう」

「じゃあ、その食器棚を開けてお皿を出してくれる？」

陽菜は無難な仕事を受けもった。

## 2　神宮寺《じんぐうじ》彰兵《しょうへい》

その男の目は少女の下半身を舐め回していた。ぴったりしたスキニーデニムは、細い腰と細い脚を強調している。マスクで顔の半分は隠れている。髪は神宮寺が好むロングではない。しかし街灯の光だけで、サラサラしているのが解り、この男の劣情をかきたてる。男はゴクリと唾を飲み込んだ。少女は急に立ち止まり、くるりと後ろを振り向いた。ショートボブがふわりと広がった。

神宮寺は慎重だった。少女の視線が届く前に、サッと建物の陰に身を隠していた。神宮寺の後ろを歩いていたスーツ姿の男が神宮寺を追い越してから、右の道に進んだ。少女は自分の後ろに誰もいないことを確認し、安心したようだ。再び前を向いて歩き始める。それを見た神宮寺は少女から離れて反対方向に駆け出した。向かった先は市街地の中の駐車場だった。乗り込んだのはコンパクトなツーボックス車。そのボディは夜の闇に溶け込む漆黒だった。車は彼が走ってきた同じ道を逆に戻ってきた。五分も経たない内に車はゆっくりと停まった。ドライバーは腕組みしてステアリングにもたれ掛かると、ニヤリと笑みを浮かべる。彼が睨む前方には、さっきの少女が歩いている。

　神宮寺が今日のアルバイトを終えて、ネットカフェに立ち寄ったのは二時間前。そこで若い女の客を見つけた。この男の好みにぴったりの華奢な体型だった。マスクをしていたので、鼻から口は見えなかったが、その分、目の大きさが目立っていた。化粧っ気のない顔で女子高生に見えた。普段の彼なら、気安く声をかけるのだが、その時は違っていた。彼女には何となく声をかけにくい雰囲気が漂っていたのだ。もしかすると、それは少女に起因しているのではなく、今日の不愉快な出来事に起因していたのかもしれない。神宮寺は以前からバイト先で出会った女性に好意を持っていた。その女性とはよく話をした。嫌われているとは思わなかった。しかし今日、自分が振られたことを宣告された。本人からでなく、うざい店長からだ。落ち込む気持ちと腹立たしい気持ちが交錯していた。

　神宮寺の視界の中で、少女の姿が小さくなると、彼は車をゆっくり走らせる。一分も経たない内に車は停まる。暫くして、また車は動き出す。彼の行動は定められた基準によって規制されている。少女と自分との距離をある一定の範囲に維持すること。

少女はコンビニエンスストアに入った。その店は殆ど街外れと言えそうな場所にポツンと建っていた。神宮寺は店の駐車場に車を停めなかった。店から離れた道に車を停めて、少女が店から出てくるのを待った。店の人間に自分が見られることを避けたかったのだ。暫くすると少女は店から出て来た。少女の歩む速度は遅くなった。ゴッゴッと鈍い音が夜の道を伝わっていた。少女が運ぶ赤いキャリーケースのキャスターは滑りが悪いようだ。

少女が店を出てから小一時間が経った。地方の市が大抵そうであるように、神宮寺が住むこの街も賑やかな駅前から少し離れると、とたんに田舎に変わる。街灯がめっきり減ってきたので辺りは相当暗い。少女の行き先が解らず彼は訝しんだが、舌を出して上唇を舐めた。彼にとって好都合なことに変わりはないのだ。少女が歩く左側に、なだらかな斜面に広がる雑木林が見える。夜は暗くて物騒だから、街灯を増やして欲しい。そんな要望が近隣住人から出ていることを聞いたことがある。しかし財政難なのか、役場の怠慢なのか、未だに何の対応もなされていない。

ブォーンとエンジンが唸った。神宮寺はアクセルを踏み込んでいた。すぐにブレーキを掛ける。キィーッとタイヤを軋ませ黒いボディは少女の横に停まった。ドライバーはドアを開けて飛び出す。少女の目の前に突然男が現れたのだ。少女は驚きで目を一層大きくしたが、すぐに驚きから恐怖の表情に変えた。

「きゃあーっ」

煽情的な若い女の声が空気を裂いた。マスクの不織布は音圧レベルを下げる効果は殆どなかったが、少女の危機を第三者に知らせる効果もなかった。少女はくるりと身体を反転させて逃げ出す。引きずられるキャリーケースがゴーッと悲鳴を上げる。身軽な神宮寺とは競争にならない。あっという間に華奢な身体は男の腕に掴まれた。

「なっ、なにするのっ！」

少女にとって、それだけ叫ぶのが精いっぱいだった。次の瞬間、男の脚が大きく舞った。足の甲が少女の頭部に命中する。少女は棒きれのように道に倒れた。

神宮寺は少女の傍で横向きになっているキャリーケースを引き起こした。次に少女の身体を持ち上げた。少女の顔を自分の背中側にして、少女の腹を自分の肩に掛けた。左手で少女の身体を支えながら、右手でキャリーケースのハンドルを握って引っ張った。キャリーケースは重かったが、この道端に残しておくわけにはいかない。ゴロゴロと引きずって、停めていた車の場所まで戻り、少女とキャリーケースを後部座席に押し込んだ。深夜とは言えない午後十時前にも拘らず、通行人は一人もいなかった。偶然ぽっかりとできた魔のスポットで、暴漢の凶行は誰にも見られることはなかった。

少女が付けていたマスクを剥ぎとると、半開きの唇から白い歯が見えた。襟元にリボンが付いたブラウスを着ている。その上から、神宮寺は乱暴に乳房を掴む。少女は目を瞑ったままで何の反応もしない。唇に血の気がない。男は少女をリアシートに寝かせたまま、少女を襲った場所に戻った。スマホのライトを点けて地面を照らす。何も残っていないことを確認してから再び車に戻ると、自分のアパートまで走らせる。車から少女を引きずり出し肩に担いで部屋に入ると、少女の身体を床にゴロリと降ろした。

「ううっ」

杏色に戻った唇から呻き声がもれた。少女の右手がゆっくりと動き、自分の頭を撫でている。少女は顔をしかめてから、パチリと両目を開けた。睫毛の長さが不揃いに見えた。手入れしていない自然さが、男を知らない女のようで、却って神宮寺を興奮させた。

「ふっ、ようやく気づいたようだな」

神宮寺はそう言うと、少女の上に覆いかぶさってきた。少女の両腕は男の背中を激しくたたき、両脚は男の身体を振り払おうともがいていた。男は両手で少女の首を挟んだ。ソフビ人形の首みたいに弱々しい。これを絞めると、どんなに気持ちいいだろうか。狂った欲望が男の十本の指に力を込める。

「おとなしくしてろっ、殺すぞっ」

どすの効いた声。少女の顔が凍りつく。男の行為が悪ふざけでないことを少女は思い知った。神宮寺はニヤリと笑い、少女の衣服を乱暴に剥ぎ取ろうとした。

「おねがい、やぶらないで」

少女は自分でブラウスのボタンを外し始めた。殺されること以外の選択肢はそれしかないと悟ったのかもしれない。裸になっていく少女を見ながら神宮寺自身も服を脱いだ。

少女が唇を噛み、横を向いている間に、神宮寺は何度も舌打ちをしながら、慣れていないことを不器用に行った。荒々しい息遣いと共に少女が野獣の餌食に堕ちたとき、少女の瞳から光るものがこぼれた。

神宮寺は仰向けになっている少女の上で、動かなくなっていたが、「うーん」と唸ると、自分の身体を離して起き上がった。少女は上下に波打つ薄い乳房を露出させている。神宮寺は少女を残し、トランクスだけを穿いてキッチンに行く。冷蔵庫を開けて冷えた缶ビールを手に取ると、再び少女の傍に戻った。

少女は上半身を起こしてショーツを引き上げていた。その様子を神宮寺はビールを飲みながら目を細めて鑑賞する。少女はベッドの下に落とされたスキニーデニムを拾い上げ、そこに両脚を入れる。服を着る動作はのろのろしていた。最後にブラウスの乱れを直すと、ぐいっと顔を上げた。その目は冷めていた。もう恐怖心は残っていないように見えた。

「気がすんだでしょう。もう帰して」

「帰るって。ふん、あんた、家出しているんだろ」

「あなたに関係ないでしょう。あっ、あたしのキャリーケースは何処？」

少女は急にビクリと顔をひきつらせた。部屋の中を探し回る。

「あの場所に置きっぱなしなの？」

「いや、車の中だ。しかし荷物の心配より、命の心配をした方がいいんじゃないか」

「あたしを殺すの？」

「仕方ないだろ。顔を見られているんだから」

「逃がしてくれたら、あたし、あなたのことは黙っている」

「馬鹿な。いったい誰が信用するんだ」

少女は唇を噛んだ。下を向いた睫毛が震えた。神宮寺は少女が泣いているのかと思ったが、違っていた。ほんの少し前まで小動物のように男の腕力で、なすがままにされていた弱々しい少女の目ではない。淡い茶色だった瞳は黒く見えた。強い意志、相手を威圧する殺気をたたえた双眸。少女を拉致した凶漢ですら怖気づくほどに。

神宮寺は少女を睨んで身構えた。もし少女がいきなり駆け出してドアを開けて外に出てしまったら、裸の自分は追いかけることができない。しかし少女はじっとしていた。何かを考えているようだったが、突然意外な言葉を口走った。

「あたしはあなたの共犯者だから、あなたのことは警察に話さないわ」

神宮寺の口が開くのは数秒遅れた。

「おい、何言ってんだ?」

「あなたは誘拐犯。身代金をあたしの親に要求するの」

すぐに返す少女の声は余裕たっぷりだった。

「家の事情をよく知っている身内が共犯になるんだから、成功間違いなしよ。身代金は折半にしましょう。共犯なんだから」

神宮寺の頭は混乱した。少女は真面目な顔をしている。神宮寺が同意するのを待っているのだ。神宮寺は自分が試されていると感じた。

「そうか……。狂言誘拐で自分の親から金を取ろうって気かよ」

「あなたにとって悪い話じゃないと思うわ。ねぇ、あなたはこれまでに何人くらい殺してきたの？」

　可愛い顔をして平然と殺人の話をする少女だった。現実でない空想、あるいはゲームの中の話をしているのかと疑うほどだ。神宮寺はそんな少女を薄気味悪く感じた。

「何人って……。人殺しなんて、経験ないぜ。普通そうだろ」

　神宮寺は探るように少女の顔を見た。蕾のような唇は、片方の端がピクリと上がった。唇から幼さが消え、冷笑の形に変わった。

「やっぱり。そうだと思ったわ。じゃあ、きっと大変よ。人殺し自体は簡単だと思うけど、死体を隠さなきゃいけないし、警察に捕まるリスクは大きいし、初めての殺人となると、良心の呵責に苛まれるかもしれない。それに比べれば、狂言誘拐の片棒を担ぐなんて、ずっとハードルは低いわ。それにメリットは大きいと思うんだけど」

　神宮寺は少女の話に聞き入ってしまった。いつも金欠病に悩んでいた彼にとって、少女の話は不思議な魔力を持っていたのだ。ただ冷静な感覚も残っていた。

「でも、成功するかな？」

「身代金の金額設定が大事なのよ。欲をかかなければ、警察には届けないで用意するわ。あたしの父親、バイコーマシンって会社の部長なの。時々テレビでコマーシャルをしているから知っているでしょう」

神宮寺は自分が霊感商法に騙されていくような錯覚に襲われた。それでも訊かずにはいられなかった。

「あんた、名前は何って言うんだ？」

それは、少女の提案が検討に値するということを認めてしまったも同然だった。

「向井陽菜、上條高校三年生」

少女は淀みなく言った。

## 3　向井和江

陽菜が家出をした翌日の十月四日、時計の針は午後六時をとっくに過ぎていたが、母親の和江は夕飯の準備をする気にもなれなかった。キッチンの丸椅子に腰をかけて何かを見ている。彼女の視線の先にあるのは冷蔵庫の横にマグネットで留められていた一枚の紙。上條高校のクラス連絡網が印刷されたものだ。その紙の一番下に守田光希の名前とケータイの番号がある。光希は陽菜と同じクラスではない。陽菜が最初の家出から帰ってきた時に和江が無理やり陽菜から聞きだして自分で手書きしていたものだ。

和江は思い切ってその番号に電話を掛けた。しかし光希からは期待していた言葉は返ってこなかった。

『えっ、はるちゃん、また家出したの？』

「ええ……。本当に陽菜はそちらには行ってないんですね？」

『おばさん、あたし嘘なんかつかないよ』

「いえ、そうじゃないけど。もう心配で心配で……。陽菜の一番の親友は『みーちゃん』だと思うから」

『おばさん、そんなに心配しなくていいと思うよ。陽菜はたくましいからね。今時、ネットカフェとか、安く泊まれるところもあるし』

電話の相手は呑気な声だった。

「そう、そうね。もし陽菜から連絡があったら教えてもらえませんか？」

『解った。家に帰るように、ちゃんと伝えるから』

「よろしくお願いします」

和江は受話器を耳に当てたまま頭を下げていた。電話を終えてから、『陽菜はたくましいから』という言葉が蘇った。和江は昔を思い出した。確かに陽菜は小さい頃から手の掛からない子だった。和江は当然ながら陽菜を心配する気持ちがあった。しかし、それ以上に憂鬱なこともあった。夫が帰ってきて、今夜も自分をネチネチと言葉で責めるであろう。そのことが和江の頭の中の多くを占めていた。

＊

光希からは何の連絡もなく、陽菜の家出から丸二日が経った。

夫の芳雄はグラスにウイスキーを注ぐと、申し訳程度にミネラルウォーターを足した。

娘が帰ってこないことに苛立って、今夜も相当飲んでいる。

「前は、不良の友達の家に三日いたんだろ」

「不良なんかじゃないと思うけど……、守田さん、今回は来てないって」

「ふん、本当かどうか」

芳雄は濃い水割りをグイッとあおった。殆ど会話が途絶えていた夫婦だったが、娘の家出を契機にお互いが話をするようになったのは皮肉なことだと和江は思った。決して楽しい会話ではないが。

娘のスマホの電源は切られたままだった。娘からの連絡を待ち、気まずい雰囲気を残しながら、二人が寝床に入ったのは日付が十月六日に変わった頃だった。思いがけない騒音が乱暴に和江の眠りを断ち切った。ベッドサイドの置時計に目をやると午前三時を少し回ったところだった。夫の芳雄はまだ鼾をかいて眠っている。暗い部屋の中、和江はもぞもぞとベッドを這い出る。その頃には、ようやく夫も電話の音に気づいて目を覚ました。

「何だ、こんな夜中に」

和江は夫の苛立った声には答えず受話器をとり、「もしもし」と言ったが、電話の相手は無言だった。パッと部屋が明るくなった。明かりを点けたのは芳雄だった。

「陽菜？　陽菜じゃないの」

最初は大きな声で娘の名前を呼んだ和江だったが、二回目はできるだけ優しく呼びかけた。すると、くぐもった男の声がした。

『向井さんのお宅だね』

「は、はい、そうですが」

『よく聞け。娘は預かった。警察に通報したら娘の命はない』

「いやーっ！」

「どうしたんだ！」

　和江の叫び声で、ようやく芳雄も事の重大さに気づいた。

「あっ、あなた、陽菜が……、誘拐されたって」

　受話器を握る和江の手は震えていた。和江は夫に受話器を無理やり取り上げられた。

「娘は……、陽菜は無事なのか！」

　芳雄は受話器に向かって怒鳴った。和江は夫が持つ受話器に自分の耳を近づけた。夫は受話器を少しだけ浮かせる。それで和江にも相手の声が聞こえた。

『安心しろ。今のところ無事だ。あんた、父親か？』

「そ、そうだ。頼む、陽菜の……、娘の声を、声を聞かせてくれ」

『いいだろう』

　その後、数秒経ってから『おやじさんだ』という声が和江の耳に微かに届いた。そして、

『おとうさん、ごめんなさい、犯人の言うことを聞いて。この人、決して悪い人じゃないの。お金さえ出してくれたら、あたしは絶対殺さないって』

「陽菜ーっ」

芳雄は感情を抑えることができずに叫んでいた。芳雄が持つ受話器に、和江は自分の耳を近づけていたが、気づくと受話器からは全く音がしなくなっていた。

「もしもし、もしもし」

芳雄は顔を引きつらせて受話器に向かって、うわずった声を上げている。

『ああ、聞こえている。手荒な真似はしないから、落ち着け。聞いただろ。俺を信用して警察に通報しなければ、娘は無事に帰してやる。まぁ、あんた次第だ。あんたが俺を信用するかどうか。もし、娘が死んだら、それは、あんたのせいだからな。解るか？』

和江の心臓は信じられない速さで鼓動し、唇はただ震えるばかり。それでも芳雄は電話に向かってはっきりと言葉を発していた。

「解った。警察には通報しない」

『よし。じゃあ条件を出そう。あんたにとっては十分可能な金額だ。身代金は二千万円。明日の正午までに用意しておけ。また連絡する』

それを最後に、電話はいきなり切れた。

和江の目の前に呆然とした夫の顔があった。現実に起こった事とは信じられなかった。夢の中にいるような……。身代金、誘拐、夢なら覚めて。陽菜は何処？

和江の頭の中で思考が渦を巻いていた。「はぁはぁはぁ」と不快な音が耳にこびりつく。息苦しさで、それが自分の呼吸と気づくが、自分の呼吸だけではなかった。芳雄も肩を上下させている。

「おっ、落ち着くんだ」

芳雄の絞り出すような声だった。

＊

翌日、銀行から帰ってきた芳雄はせわしなくネクタイを緩めると、黒革の鞄を開けて紙袋から札束を取り出した。それをローテーブルに置いていく。和江は黙って芳雄の手の動きを見ていた。四列に並べられた現金の高さはずいぶんと低く感じられる。

「犯人から受け渡しに関して、どんな要求が来るか解らないから」

芳雄はそう言った。二人とも番号を控えることなど、考えもしなかった。

リビングルームには和江と芳雄しかいない。テーブルには現金と電話の子機だけが置かれていた。和江は掛け時計に目をやった。正午までには、あと一時間ある。彼女はおずおずと口を開いた。

「あなた、何かお腹に入れないと」

今朝、和江が「ご飯は？」と訊くと、「こんな時に飯なんか食えるか」と芳雄は怒って家を出て行った。銀行の窓口開始よりずっと前のこと。今も芳雄は不機嫌そうに黙っていたが、穏やかに口を開いた。

「うむ、そうだな。どういう受け渡しになるか、解らないから」

それを聞いた和江はすぐにキッチンに向かった。誘拐犯に電話で走り回されてフラフラになる父親の姿はテレビドラマで見たことがある。芳雄は和江の作った料理を素直に食べ始めたが、彼が食べたのは味噌汁とご飯を半分だけで、焼き魚には箸をつけなかった。

リビングルームに戻って二人は現金を挟んで向かい合って座った。何度目かの溜息の後、掛け時計の長針と短針は重なった。更に三十分が経った。最初の脅迫電話は固定電話だったが、スマホに掛かってくるかもしれないと思い、二人はスマホをテーブルに置いて連絡を待った。犯人が指示してきた時刻から一時間が経過した。

「どうして、どうして。警察には言ってないのに。ああ」

「落ち着くんだ。今は待つしかない」

芳雄はテーブルに置いていた三台の電話を睨んだ。すると、それに反応するように芳雄のスマホが鳴りだした。和江はビクッと身体を硬くしたが、芳雄はすぐにスマホを取った。

「もしもし……、えっ、あっ、そ、そうか……。いや、そんなことはいい……。うん、そうだな。アール三七ファイルだ……。そう、資料はエス・ドライブに入っている。後は任せるから。急に休んで申し訳ないが、よろしく頼む」

芳雄は最後の方は早口で言って通話を切った。

「会社からだ」

芳雄は苦々しそうに舌打ちをする。

「犯人から電話があったんじゃあ?」

「いや、大丈夫だ。通話中に着信はない」

その後、三台の電話のどれも鳴ることはなく、夕方の六時になった。芳雄の顔は砂と土で固められた作り物のようだ。生気の欠片もない。おそらく自分も同じような顔をしているのだろう。和江はそう思いながら自分の顔に手を当てた。かさかさした肌。

「警察に連絡した方がいいのかしら」

耐えられず沈黙を破ったのは和江だった。

「いや、もう少し待ってみよう」

しかし犯人からは何の連絡もないまま、二日目の朝を迎えてしまった。

## 4　伊藤進

白いワンボックス車が向井邸の前に停まったのは十月七日の午前九時。伊藤進が多兼町に来るのは初めてだ。彼の仕事とは無関係と思える田舎町だ。

敷地内には数本の樹木が植えられていた。針葉樹のようだ。建物は決して豪華ではないが、威厳を感じさせる木造の和風一戸建てだった。その右側に二台の乗用車がゆったりと収まるカーポート。グレーの3ナンバーセダンとライトグリーンの軽自動車が入っていた。軽自動車の後ろには赤い自転車があり、平和な家族の生活感が漂っている。

伊藤は二人の男と共にワンボックス車から出た。三人とも同じグレーの作業着を着ている。車体の側面には「横田工務店」の文字が書かれていたが、電話番号はなかった。伊藤が先頭になって、飛び石が並べられたアプローチを歩き、玄関チャイムを鳴らす。すぐにドアが開けられた。伊藤は帽子を取って、軽く頭を下げた。

「おはようございます。今日はお世話になります」

家の中の男は恰幅が良かったが、顔は引きつっていた。作業着の男たちを見て、入ってくださいと手招きをする。

「失礼します」

伊藤が言い、三人は家の中に入った。リビングルームに男の妻が立っていて、作業着の三人に頭を下げた。伊藤はチラリと窓を見ると、カーテンを閉めるように指示を出した。女は慌ててカーテンを閉めた。その後、伊藤は警察手帳を見せた。

「通報されたのは、ご主人の向井芳雄さんですね」

「はっ、はい。刑事さん、助けて下さい」

今朝、警察への通報時、向井芳雄は前日の午前三時過ぎに脅迫電話が掛かってきたことを伝えていた。警察が到着したこの時点で、誘拐犯からの最初の電話から既に三十時間も経過していることになる。

「どうして、こんなに通報が遅れたんですか?」

捜査員の一人が両親を非難する口調をとったが、伊藤はそれに同調しなかった。

伊藤は「まあ、それは」と手をかざして、その捜査員をなだめた。憔悴しきった父親は伊藤よりも一回りも年上だったが、伊藤は自分の姿を見ているようだった。伊藤にも一人娘がいる。中学二年生の恵美は反抗期だった。今日は声をかけよう。今日は声をかけよう。

そう思う気持ちは空回りして、なかなか話をする機会が作れない。自分の娘が誘拐されたらと考えると、すぐに通報できるかどうか？　伊藤は自信がなかった。警察官だからこそ警察の内情を理解している。警察を百パーセント信用することなど到底できない。

捜査員は固定電話と向井夫婦のスマホのそれぞれにケーブルを繋いだ。犯人からの通話を記録する為である。伊藤は改めて部屋の中を見渡した。ガラスのローテーブルの周りは掃除機をかけたようだが、壁際には雑誌や懐中電灯や置物などが乱雑に押しやられていた。それらの上には相当な埃が積もっていて、一か月以上、誰も触っていないと思われる。

伊藤は向井夫婦から、陽菜が家出するまでの経緯を聞いた。親子喧嘩が直接の原因だった。陽菜が家出をしたのは十月三日の夜のこと。陽菜の家出は二回目だった。前回は守田光希という友達の家に行っていたという。しかし今回は光希の家には行っていないらしい。母親の和江は十月四日に光希に電話をしている。その時の光希が言うには、陽菜は来ていないということだった。

十月六日の午前三時過ぎに自ら誘拐犯と名乗る男から電話があった。娘の声を聞きたいと言ったところ、誘拐犯は電話口に向井陽菜を出した。少なくともその時は陽菜が生きていたことは両親によって確認されている。向井夫婦から概略の状況を聞き終えると、伊藤は自分のケータイを取り出して捜査本部に電話を掛けた。

「犯人からの身代金要求の電話だが、十月六日の午前三時頃、向井家の固定電話に掛かってきている。……ああ、そうだ。その番号に掛かってきた電話の発信履歴を調べてくれ。よろしく」

現代はアナログ電話の時代にあった逆探知は不要だ。電話会社によって自動的に通話状況が記録されているので、その履歴を追えば、発信元の特定は可能なのだ。伊藤は電話を終えると、向井夫婦に向き直った。

「お二人は犯人の声を聞かれていますね。犯人の声に聞き覚えはないでしょうか？」

「それは……、犯人が私たちの知っている人間かもしれないということですか？」

そう訊き返したのは父親の芳雄だった。

「誘拐事件の場合、意外にも顔見知りが関与している例が少なくありません。たいへん申し上げにくいんですが、ご主人が誰かに恨まれて娘さんが誘拐された。そういう可能性も排除できないのです」

芳雄は悲痛な顔で頷き、暫く考えていたが、

「聞き覚えは……、無いと思いますが、あの時は気が動転していて。でも、娘を誘拐されるほど個人的に恨まれるようなことは絶対していません」

芳雄はそう言ってから和江を見た。和江も同じだと言った。

「そうですか。解りました」

伊藤はそれ以上の追及はしなかった。ただ向井芳雄は隣町である銅場市に、大きな工場を持った機械メーカー、バイコーマシンの生産管理部長という職にある。下請け工場との取引の中で、逆恨みを受ける可能性があるかもしれない。

伊藤に遅れて約一時間後、係長の澁井徹警部が向井邸に入った。

「どうだ？」

「いえ、まったく進捗はありません。それで脅迫電話の発信元の特定は？」

「だめだった。どうやら、海外のサーバーを複数経由しているらしい」

伊藤は上司とそんな会話をしながら、ちらちらと向井夫婦の様子を観察していた。向井芳雄は何度も首を横に振っていた。それを見て伊藤は芳雄に声をかけた。

「何か隠されているんじゃないですか？」

「私が……、どうして？」

芳雄は顔を歪めた。

「これは誘拐じゃないかも。そう思っていらっしゃるんじゃないでしょうか？」

伊藤はじっと芳雄の顔を見ていた。芳雄は大きく息を吐いてから、ボソッと言った。

「解りません……。私には娘の気持ちが解らない。誘拐じゃなければいいのに。ただの家出が長引いているだけだったら……、そう思う気持ちは、確かにあります」

「以前も家出されたことがあったからですね。でも、それだけじゃない。他にそう思う根拠、何かあるんじゃないですか？」

芳雄は暫く俯いていたが、

「落ち着いていたんです。今考えると……、いやに落ち着いていたなって。娘の声が」

「どう言っていましたか？　できるだけ正確に教えて欲しいんですが」

「確か……、『おとうさん、ごめんなさい。犯人は悪い人じゃない。犯人の言うとおりにして』と。いや、『お金さえ出してくれれば、あたしは殺されない……』そんなことでした。犯人に言わされていると、その時は思いました。でも、それだけじゃないかも」

伊藤も狂言誘拐の可能性は頭の中にあった。父親にとっては複雑な気持ちだろう。狂言誘拐なら、娘の命の心配はない。しかし娘が親を騙して金を取ろうとしたということになる。伊藤の家と比べれば、ずっと広いリビングだったが、カーテンで自然の光は遮られ、冷たい照明の下、気難しそうな顔をした大人ばかりが黙って座っていれば、息苦しさを感じるほどに空気は重くなっていた。

そんな中、家の固定電話に二回の着信があった。その度に、その場にいた全員が息を飲んだが、何れも犯人からの電話ではなかった。その後、警察からの電話が澁井のスマホに掛かった。それは向井陽菜のスマホの移動履歴だった。陽菜のスマホは二日前、つまり十月五日を最後にして電波を拾えなくなっている。電源が切られたか、電池が無くなったかは不明だが、最後の通信は郷木市の中継局で確認されていた。澁井警部が芳雄に訊く。

「郷木市といえば、ここから電車で三時間近くは掛かりますね。どうでしょう。郷木市に何か心当たりはありませんか？」

「いえ、私には解りません」

芳雄は首を横に振ってから、和江の方を見た。和江は暫く考えていたが、

「郷木市といったら、伶功大学がある場所じゃなかったかしら？」

捜査員の一人が「そうです」と言った。和江はその捜査員に軽く頭を下げて話を続けた。

「確か部活の先輩で、伶功大学に通っている人がいたんじゃないかと」

「その人の名前は？」

「ええっと、ちょっと待って下さい」

和江は家の中を探し回って、一枚の紙を刑事の前に差し出した。

「ありました。二年前の吹奏楽部の連絡網が。永井さんです。永井早苗《さなえ》さん」

和江は紙の一か所を差し示した。そこに希望を見出すかのように彼女の人差し指はまっすぐだった。

「うむ。家出した陽菜さんは、この永井早苗を訪ねた可能性があるな」

「係長、調べさせて下さい」

「今すぐってことか。しかし永井早苗の周辺に犯人がいないとは断言できない。警察が動くことで、犯人側に悟られるリスクがある」

「ええ、解っています。でも、犯人からも陽菜さん本人からも何の連絡もない今、無駄に時間を費やしたくないんです」

伊藤には、写真で見た陽菜の顔と自分の娘の恵美の顔がだぶっていた。

「よし解った。但し、くれぐれも慎重にな」

澁井警部の許可は下りた。伊藤が向井邸で電話機を前に待機していたのは三時間足らずだった。

## 5　永井早苗

　永井早苗が今日最後の履修科目である文化情報論の聴講を終えて、教室を出た時のことだった。今の時期、倫功大学は学園祭の準備で賑やかだった。廊下の窓から見えるグラウンドの隅ではダンスサークルの女子たちが息のあったリハーサルをやっている。グリークラブの男子たちは「ラ・マンチャの男」を歌っている。そんな楽しい雰囲気のキャンパスを背景にして、廊下には早苗の知らない男が二人立っていた。

　二人の人相は悪かった。特に年嵩の方が顕著で、ギョロリとした目とスポーツ刈りにした硬そうな髪で、なかなかの威圧感があった。動物園で見るゴリラに似ている。肩幅が広く、胸から上だけを見ればラガーマンのようだが、ぽっこりと出た腹によって、彼が現役アスリートではないことが伺える。もう一人は年嵩の男と比べれば痩せているが、胸板が厚い筋肉質タイプなので、決して弱そうには見えない。ゴリラに対してパンサーと言ったらいいだろうか。二人共スーツ姿だったが、ゴリラの方はネクタイの締め方が緩く、だらしない感じで、どう見ても出来るビジネスマンには見えなかった。

「すみません。永井さんですね」

　明らかに異邦の侵入者といえる男に声を掛けられて、早苗は声が出せなかった。

「ああ、申し訳ありません。驚かすつもりはなかったのですが。永井早苗さんで間違いないですよね」

　ゴリラの声は低かった。

「は、はい。そうですが……」

「恐れ入ります。少しだけ時間を取ってもらえますか」

　パンサーは無表情だったが、ゴリラはぎこちない作り笑いをしている。

「ああ、そんな緊張なさらずに。こういう者です」

　ゴリラがスーツの内ポケットに手をやり、早苗にだけ見える角度で、黒革のホルダーを見せた。縦型の二つ折りで、上に顔写真、下に金属製のエンブレムが貼り付けられている。それは余計に緊張を高めるアイテム以外の何物でもない。

「五C四一教室で、少しお話を伺いたいんですが」

「ここじゃあ駄目ですか？」

「ええ、ちょっと。教室は総務課の許可を頂いていますので……。恐れ入りますが」

　刑事は低姿勢で「恐れ入ります」を繰り返した。早苗には逆にそれが気持ち悪い。

「わ、解りました」

　早苗がそう言うと、刑事は手を前に出して案内するような仕草を見せる。教室の場所は予め大学の事務員にでも聞いていたのだろう。大柄な身体を前屈みにして歩いている後ろ姿を見ながら、やはりゴリラだと思う。役割分担でもあるのだろうか。パンサーが引き戸を開けて、手で早苗に入るように促した。教室はガランとしていた。早苗が入ると、パンサーは引き戸を閉めた。二人の刑事は入口から奥にさっさと歩き、そこに予約席のプレートが置いてあるかのように座る。早苗もそれに倣った。

「お時間を取って頂き、ありがとうございます。実は向井陽菜さんが行方不明になっておりまして」

「そうですか。あの子、家に帰っていないんですね。しょうがないなぁ」

「驚かれませんね？」

ゴリラの右の眉だけがピクリと動いた。ハンターに捕えられるゴリラではなく、彼自身がハンターなのだと気づかされる。

「向井は家出をしているだけなんです。あたし最近、彼女をアパートに泊めました」

「三日前ですね」

「そうですが、でも、どうして？」

早苗はゴリラを見てから、視線をパンサーに向けた。彼の方が怖そうではない。

「いやぁ、今は便利な時代でして、ケータイの移動履歴が管理会社のサーバーに記録されていて、向井さんの足取りが掴めるんです」

ゴリラが答えた。パンサーは無口な性格らしい。

「そうですか。それにしても単なる家出なのに、警察が捜索されるんですね」

「いえ、今回の向井陽菜さんの場合、単なる家出ではない可能性が高いんです」

「まさか。それは犯罪に巻き込まれたかもしれないということですか？」

「これから話すことは秘密にしてもらえますか？」

　ゴリラは元々厳しい目だったが、それを更に厳しくした。早苗は小さく「はい」と言って、ゴリラの次の言葉を待った。

「向井さんの家に、身代金を要求する電話がありました。誘拐された可能性があります」

「そっ、そんな……」

「それで、誰にも聞かれないように、この教室を借りました」

「向井はまだ解放されてないんですね。彼女、無事なんですか？　ああ、身代金は？　あの子の両親は用意したんですよね」

　早苗は早口でまくしたてた。刑事は黙って早苗の顔を見ている。早苗は口を押さえた。

「すみません。びっくりして」

「びっくりされていたんですか？　そんな風には見えなかったが」

　早苗には刑事の言葉が嫌味に聞こえた。

「確かに身代金要求の電話は一回あったらしいのです。その時、父親は陽菜さんの声を聞いています。陽菜さんは『犯人は悪い人じゃないから､言うとおりにしてほしい。そうすれば、自分は殺されない』そんなことを言っていたそうです」

「それって、犯人に言わされているんじゃないですか？」

「勿論そうでしょう。ですが父親の話だと、陽菜さんの声は意外に落ち着いていたらしいのです。犯人からの連絡は一度きりで、約束の時間を過ぎても、連絡は来なかった」

「来なかったって？　犯人は警察の動きを察知して諦めたんですか？」

「いいえ、まだその時、我々は陽菜さんが誘拐されていたことは知りませんでした。両親は犯人の要求どおり警察には通報しなかった。我々が犯人からの最初の電話があったことを知ったのは、既に二十四時間を経過した後。もう少し早ければ、発信元を特定できたんですが、残念です」

　ゴリラは悔しそうに舌打ちをしてから、

「永井さん、向井さんが来られた次の日、向井さんはどうされました？」

「あたしと一緒にアパートを出て、歩いて駅に向かいました」

「駅までご一緒されたんですね？」

「あっ、いいえ、途中で別れました」

「おや、それはどうして？」

「あたしは大学の授業があるから早く駅に行きたかったんですけど、彼女、ちょっと街を散歩したいって」

「散歩ですか？」

「本当のことは解りません。でも、あたしと一緒に駅まで行きたくなかったのかも……」

「どうして？」

「解りません」

　ゴリラは表情を変えずに黙っている。その沈黙に早苗は少し苛立ったが、ゴリラはそれを察してかどうか、表情を緩めた。

「あなた、向井さんとどんな話をされましたか？」

「どんなって、特には何も。じゃあねって」

「いえ、途中で別れる時のことじゃなく、アパートに泊まった時のことなんですが？」

「ああ、彼女、家出した日は二十四時間営業のネットカフェに泊まったって。それから、あたしを頼ってアパートに来たようです」

「勿論です。朝になったら、彼女はすっかり落ち着いていたようだったから、安心していたんです」

「あなたは向井さんに、家へ帰るように説得されたんですね」

「向井さんの行き先に何か心当たりはありませんか？」

　早苗は首を横に振った。

「高校時代の部活のメンバー以外で彼女の交友関係は解りません。卒業してからは一度も会っていませんでしたし」

「あまり親しくはされていなかった、ということですか？」

「ええ、そうです。だから連絡もなしに突然来られた時は本当にびっくりしました」

「迷惑だったですか？」

　早苗はすぐには答えず、パンサーの方を見た。若い刑事は無表情で、視線は何処を向いているのか解らなかった。気持ちを隠す必要はない。早苗はそう思った。

「はい、迷惑でした」

ゴリラは不自然な笑みを見せる。

「あなたは正直な方だ。それでアパートを出た時の陽菜さんの服装は覚えていられますか？」

「はい。上は薄いオレンジ色のボウタイブラウスで、下はスキニーデニムでした」

「ボウタイブラウスって？」

「胸元でリボンを結べるタイプのブラウスです」

「なるほど、後で家の人にでも確認しておきます。それから、持ち物は赤いキャリーケースでしたか？」

「そうです」

「ありがとうございました。もし何か気づいたことがあったら、ここに連絡してもらえませんか？」

早苗はゴリラが大きな手で名刺を出したと思った。しかし、それを受け取って見ると、名刺ではなかった。一番上に連絡カードと書かれた名刺サイズの厚紙である。担当として、伊藤巡査部長とあり、その下にはケータイではない電話番号が書かれていた。

「あのぉ、刑事さん、さっきケータイの履歴で足取りが掴めるって言われましたけど」

「そうですが、なにぶん完全ではないんです。ある程度は掴めるというだけで」

伊藤刑事の口振りは何となく歯切れが悪い。

「教えてもらえませんか？　あっ、捜査上の秘密っていうことなら、かまいませんが」

「いいでしょう。永井さんが何か気づいてくれるかもしれませんから」

　早苗は刑事の鋭い目を意識しながら、黙って次の言葉を待った。

「実は向井さんのケータイは永井さんと別れてから電波を拾えなくなっているんです」

　刑事の言葉に早苗は棘を感じた。

「それって、彼女に最後に会った私が疑われているってことですか？」

「とんでもない。しかし、家に帰るようにというあなたの説得は残念ながら失敗していたのかもしれません」

　早苗に対する事情聴取はそれで終わった。廊下の窓から外に目をやると、緑豊かなキャンパスをゴリラとパンサーが歩いていく後ろ姿が見えた。どうやらパンサーは口がきけないようだ。刑事の聞き込みはテレビの刑事ドラマと同じように二人で行われるんだ。早苗は改めてそんなことを考えていた。

## 6　伊藤進

「流石ですね」

　伊藤が伶功大学の正門を出たとたんに隣の高塩昌利《まさとし》が言ってきた。今朝、誘拐の通報を受けて向井邸に行った伊藤はその家を出てから一旦警察署に戻り、半年前から刑事課に配属された高塩を連れてくることにしたのだ。伊藤は黙って早足で歩いた。陽菜が永井早苗を訪ねたという伊藤の勘は当たったが、それだけのことに過ぎない。駐車場が見えると、伊藤はスカイラインに向かってダッシュした。助手席側のドアを開けて、大きな身体を押し込む。高塩も急いで運転席に乗り込んだ。

「敷絵駅ですね」

「あたりまえだ」

伊藤は腕組みをして前方を睨んだ。伶功大学は郷木市の一番端に位置する。大学から敷絵駅までは、車で十二、三分の距離である。伊藤は車に揺られながら、早苗の話に何となく釈然としない思いを抱き始めた。大学で早苗の話を聞いている時には、そんなことはなかったのに……。実に奇妙な感覚だった。早苗は何かを隠しているんじゃないか。それは刑事の勘だった。車を駐車場に停めて駅に入ると、帰宅ラッシュの前ということもあるのだろうか。構内を行き来する人は意外に少なかった。伊藤は駅長室に行き、警察手帳を見せた。駅長は神妙な顔に変わった。

「解りました。監視カメラの配置箇所はここと、ここと……」

駅長は地図をテーブルに広げ、人差し指で説明した。撮影エリアには死角があった、というより、むしろ撮影エリアは限られた一部だけという実態だったが、陽菜が映っている可能性に賭けることにする。宝くじよりは確率が高いはずだ。駅員に案内されたパソコンに向かい、目を皿にして二日前の映像を確認していくと、キャリーケースを引きずって歩く女が映った。

「止めろ」

伊藤は怒鳴った。次の瞬間、静止したディスプレイを睨み、溜息をついた。キャリーケースの色は赤でなくグレーだったし、向井和江から聞いていたキャリーケースとはタイプが違う。それでも高塩はパソコンを操作し人物を拡大した。早苗から聞いていた服装とも違う。そもそも女子高生には見えなかった。その後も神経を擦り減らす作業を続けたが、陽菜の姿は確認できなかった。高塩は首を捻った。

「ケータイの移動履歴から、この駅に来ているはずなんですが」

「死角が多いからな。たまたま写らなかっただけかもしれない」

「陽菜のケータイの電波、この駅周辺で切れてますよね。電池切れでしょうか？」

「あるいは、お嬢ちゃんが自分で切ったか」

「何の為に？」

「さあな」

伊藤はそっけない口調で応じると、神経を擦り減らす作業をやめることにした。二人が捜査本部に戻ったのは午後七時を過ぎていた。居室に入るなり刑事に状況を尋ねる。向井邸に残った捜査員からは、何の連絡もないという。その夜、澁井警部は捜査会議を開いた。被害者およびその家族の周辺の捜査においても、事件解決の手掛りは見つからなかった。もはや犯人からの連絡を待つことは絶望的な状況であり、捜査員たちの表情は一様に暗くなった。

＊

翌日の十月八日は土曜日で、学校が休みだったのは好都合だった。伊藤と高塩は朝から守田光希の家を訪ねることにした。ハウスメーカーの一戸建て住宅で、近隣の住宅よりモダンな印象である。父親の守田鉄朗はアメリカに赴任していて、今は母親の佑香も渡米しており、高校生の一人暮らしになっている。玄関から出て来たのは、髪の毛を茶色く染めた今風の女子高生だった。

「刑事さんが、どうして？　あたし、何も悪いことなんか」

少女は身体を強張らせて、警察に対して敵意を露わにする。

「いや、君のことで来たんじゃない。君の友達の向井陽菜さんのことで、ちょっと」

「陽菜、火曜から学校休んでいて、お母さんから電話があったけど……。えっ、陽菜に何かあったの？」

「行方不明になっている」

「どうせ、また家出でしょう。あのお母さん、警察になんて大袈裟なこと」

「火曜日の時点では確かに家出だった。月曜の夜はネットカフェに泊まり、火曜は先輩の大学生のアパートに泊まっていた。しかしその後、誘拐された可能性があるんだ」

伊藤は単刀直入に切り出した。今朝の捜査会議で、公開捜査までのタイムリミットは今日の午後四時と決まっていた。

「うっそー」

　光希は刑事に対して何とも蓮っ葉な口調で応じる。

「君ねぇ」

　高塩が顔を顰める。伊藤がそれを宥めるような仕草をする。

「残念ながら本当だ。だから、くれぐれも口外してもらっちゃ困る。解るだろ」

「わ、解った。誰にも言わない」

「以前、陽菜さんが家出した時はここに泊まったって聞いたけど、今回は？」

　光希は黙ったまま首を横に振った。

「誘拐される前にでも、連絡があったんじゃないか？」

「何もないよ。するわけない。喧嘩したんだから」

「喧嘩か。その原因は何？」

「何だったかな……、覚えてないよ。多分くだらないことじゃなかったかな」

　光希は刑事を前にして、ふてぶてしく顔を歪ませた。この子は教師に対しても、こんな顔をするのだろう。伊藤は教師に同情した。

「刑事さん、あたし、容疑者なの？　刑事さんだって、高校生の時はあったでしょう。くだらないことで友達と喧嘩したこと、ないの？」

　光希は声を荒げた。伊藤は苦笑いすらしなかった。

「ところで向井陽菜さんが行きそうな場所、何処か心当たり、ないかな？」

「行きそうな場所って……。まるで陽菜が自分の意志で隠れているみたいな言い方」

　女房もそうだが、女って奴はどうしてみんな勘が鋭いんだ。伊藤はそう思った。

「向井さんは家出先の何処かで誘拐された。そういう可能性があるというだけだ」

「はるちゃん、もしかしたら、元カレのところに行ったかも」

「向井さんには、そういう男がいたってこと？」

「そう。部活の先輩に凄く熱を上げて」

「その人の名前、教えてくれ」

「いいよ。秘密じゃないし。下山田英明《しもやまたひであき》。あたしの趣味じゃないけどね。確か、仁邦大の二年生だと思う」

「参考にさせてもらう。ああ、さっき『元カレ』って言ってたけど、つまり、今はもう別れたということ？」

「あっそうか、はるちゃん自身が元カレって言っていたから。多分そうなんじゃやない」

「すると、今は別のカレシがいるってことかな？」

「そうだね。何人かいると思うけど。うーん、泊めてもらえるようなカレシって言ったら、大学生の下山田先輩くらいしか思いつかないな」

「そうか。向井さんはなかなか奔放な性格らしい。それで君のカレシにもちょっかいをだして喧嘩になった」

　光希は大人びた苦笑いをした。

「それじゃあ、泊まれるところじゃなくてもいいんだけど、誘拐される前に向井さんが立ち寄りそうな場所なんか、解らないかな?」

光希は、ネットカフェ、ゲームセンター、カラオケボックスの名前を言った。それらは全て地元の多兼町や銅場市だった。事情聴取を終えた伊藤は歩きながら言った。

「勉強に関係するような場所は皆無だったな」

「そうでしょうね。あの子の口から図書館なんて言葉が出たら、気味が悪いですよ。伊藤さんは向井陽菜との喧嘩について、かなりしつこく聞かれていましたが、事件と関係があるってことでしょうか?」

「いや、直接関係はないだろうな。しかし向井陽菜って子を知るには、必要な情報かもしれんぞ。次は、元カレのところだ」

伊藤はあからさまに不機嫌な顔になって、スカイラインの助手席に乗り込んだ。

＊

下山田英明は、永井早苗と同様に実家を離れて、通っている大学の近くのアパートに一人暮らしをしていた。高塩の運転は今朝来た道を逆戻りする。移動中、警察無線に状況の変化は入ってこなかった。目的の場所に到着し、伊藤と高塩は車を降りた。

高級感のあるブラック調のタイル外壁が洒落ている。大きく張り出した半透明ガラスのバルコニーは、プライバシーを確保した上で十分な採光をもたらすだろう。所謂デザイナーズマンションというやつだ。

「おい、本当にここで間違いないのか。アパートじゃないぞ」

「はい。でも、確かに住所はここですし、ハイツ志賀って名前もあっています。まぁ、仁邦大学はお坊ちゃん大学ですからね」

　学生が暮らすには豪華すぎる。そんな思いを抱きながら、伊藤はエントランスに入った。高級ホテルのロビーでしか見ないような大きな観葉植物が置かれていた。エレベーターを使って五階に上がる。幸運にも下山田は在宅していた。ハイネックドレスシャツの襟のボタンは開いていたが、派手なボタンが三つも縦に並んでいる。いかにもファッションに金をかけていそうな、いまどきの大学生。二十歳といえば、その若さだけでもキラキラと輝いているものだが、伊藤の目の前に現れた青年はスラリと背が高く、くしゃくしゃにした髪は無造作に見えても寝癖でないことは解る。切れ長の目に細い鼻梁。ファッションモデルでも通用する。いや、この青年なら、実際にモデルをやっているのかもしれない。不覚にも伊藤はボーッと下山田の顔に見とれてしまった。相棒はしびれを切らした。

「下山田英明さんですね」

　伊藤の代わりに高塩が警察手帳を示した。伊藤は我に返った。

「なっ、何ですか?」

　突然の刑事の訪問に対しては、誰もが同じ表情に変わる。紳士服売り場のマネキンのような下山田も例外ではなかった。今度は伊藤が質問する。

「向井陽菜さん、ご存じですよね?」

「はい。高校の後輩ですが」

「以前は親しくされていたね」

「ええまあ、高校の時のことです。でも、向井に何かあったんですか？」

「何かあったって、どうしてそう思われます？」

「だって、突然、刑事さんが来たら、誰だってそう思うでしょ」

「親御さんと連絡が取れなくなってます。もしかしたら君を頼って、こっちに来たんじゃないかって思ったんだけど」

「僕を頼って？　いいえ。でも、どういうことです？」

「これから話すことは他言無用でお願いします」

　有無を言わせぬ言い方に下山田は神妙に頷く。

「向井さんは家出をしましてね。四日前に高校の先輩を頼って郷木市まで来たんです。その日は先輩の家に泊まったんだが、翌日以降、行方不明になった。誘拐された可能性があります」

「家に脅迫電話があったんですか？」

「そうだ。彼女の家出中に連絡はないんだね？」

「ありません。向井が僕を頼るなんて考えられない」

「どうしてそう思うのかな？」

「もう僕は一年以上、いや一年半以上だ。向井とは会っていないし、電話で話もしていないんです。もう別れたんです」

　下山田は眉間に皺を寄せた。

「解りました。もし何か気づいたことがあったら、ここに連絡してもらえませんか」

　伊藤は早苗に渡したものと同じ連絡カードを渡した。下山田の部屋を出ると、すぐに、ガチャンとドアをロックする音が聞こえた。伊藤がスカイラインの助手席で、捜査本部に電話を入れて直接状況を報告した。

『その下山田って奴、信用できそうか？』

　澁井警部が訊いてきた。

「何とも言えません。ですが、向井陽菜から連絡がないってことは本当だと思いますね」

『そうか。狂言でなく、本当の誘拐という可能性が高くなったということだな』

「係長、あっちの方はどうなんです。向井夫婦に恨みを抱く人間は？」

『ああ、中西たちが調べている。このご時世、向井の会社の下請けメーカーは厳しいらしい。でもね、一人の部長が個人的に恨まれるほどとは思えない。今のところ、これといった被疑者は浮かんでいない。公開捜査による情報提供に期待だ』

　その言葉は重かった。一時間後には報道協定が切れる。行方不明者が自分の意思で姿を隠している場合を除けば、公開捜査後の行方不明者の生存率は極めて低い。

## 7　永井早苗

永井早苗がスープ皿にロールキャベツを盛り付けて部屋に運ぶと、点けっぱなしのテレビから明石海峡大橋を照らす日の出の映像が流れていた。「よろず業務改革のコンサルティング、マッチング承ります」ＥＰＧＳ研究所のコマーシャル。それが終わるとニュースが始まり、早苗にも見覚えがある風景が映った。自分が卒業した高校だ。

『高校三年生の向井陽菜さんは、十月六日、電話で父親と話をしてから、それ以降、連絡が取れなくなっているということです』

　女性アナウンサーの声で、早苗の目はテレビの画面に釘づけになった。制服姿の写真が出た。四日前に突然現れた少女とは印象が違う。

『本日、警察は公開捜査に踏み切りました。陽菜さんは十月三日に自宅を出て、高校時代の友人の家に泊まっていたそうです。そして十月五日、友人と別れてから行方が掴めなくなっているとのことです。陽菜さんの身長は一メートル五十三センチ、友人と別れた時は、このような服装だったそうです。ただ、陽菜さんは数着の衣服を持って、家を出られていますので、現在はこれとは違う服装の可能性があります。また荷物は赤いキャリーケース、このタイプになります』

　女性アナウンサーがパネルを使って説明した。早苗は刑事から誘拐の可能性があると聞いていたが、そのことは報道されなかった。陽菜のニュースが終わって政治関連のニュースに変わった。早苗は急いでリモコンを手に取りチャンネルを変えていく。しかし他の局でも、その話題は終わっていたのか、新しい情報は得られなかった。

午後十時、オープニングの軽快な音楽の後、スタジオに男女のペアが映った。二人共好感度ランキングで決まって上位にくるアナウンサーだ。ニュースショーでは、女子高生の行方不明が最初に取り上げられた。

『女子高生行方不明に関して驚きの情報が入ってきました。警察が向井陽菜さんの行方不明に関して公開捜査に踏み切ったのは、向井陽菜さんが何者かに誘拐された可能性が高いためだったことが解りました』

ニュースキャスターは、早苗が既に知っている事件の経緯をドラマティックに説明してから、元警視庁の刑事というコメンテーターに話を振った。

『橋爪さん、今回の公開捜査に踏み切ったタイミングについて、どう思われますか？』

定年で退職したという元刑事は、現役でも通用するくらい若そうで、シャープなマスクは俳優みたいだった。今日、大学に来た刑事とは大違いである。

『当初、単純な女子高生の家出と思われていたので、公開捜査がずいぶん早いように思われましたが、誘拐事件ということなら、決して早くはないです。十月六日の電話から今日まで、犯人からの連絡がぱったり途絶えたということで、犯人との交渉が出来ない中、非公開での捜査は制約が多いんです』

その後、ニュースキャスターによって、陽菜が誘拐されたのは、十月五日の朝、郷木市内で同性の知人と別れた以降であることが伝えられた。その知人については、名前も高校時代の先輩だったということも報道されなかった。早苗はほっと胸を撫で下ろした。そのニュース報道が終わった時、早苗のスマホが鳴った。０９０から始まっていた。アドレス帳に登録していない相手だった。無視しようか、取ろうか。早苗の中で、早く切れて欲しいという気持ちと、大事な用件かもしれないという気持ちが、天秤のように小さく揺れていた。恐る恐る一方に錘を掛けた。着信音が鳴り止むのを聞いて、スマホを耳に当てる。

「もしもし」

『良かった。電話番号、変わってなかったんだ』

　男の声だった。警察ではないようだ。

「あの……、誰？」

『あっ、ごめん。僕なんだ。下山田英明』

　その声を聞いた早苗の胸には込み上げるものがあった。下山田英明の声を忘れていたなんて……。０９０から始まる番号が早苗の脳裏にくっきりと映る。その番号をじっと見つめて削除ボタンを押したのは、もう一年も前のことだ。

『久しぶり。元気にしていた？』

　変わらない声だった。なによ今頃。早苗の胸には小さな怒りがポッと灯った。卒業してから一度も連絡してくれなかったのに。自分は何度も電話しようと思っていたのに……。でも結局、自分だって一度も電話しなかった。怒りの炎は弱々しく揺れて早苗をそれ以上熱くはしなかった。

「うん、元気だけど」

『そう、よかった。あの……、テレビ、見た？』

　早苗は一瞬心臓が止まるような気がした。

「テレビって？」

　何のテレビか予想はついたが、早苗はそう問い返していた。

『向井が誘拐されたたって』

　下山田が自分と同じテレビを見ていた。テレビの電波で繋がっていた。そう考えると、切なくなった。切なさは次の言葉で増幅された。

『ああ、でも、違うんだ。僕はあいつとは別れていたんだ。卒業の後、暫くしてから』

「そんな……。どうでもいいわ」

『そうだな……（沈黙）今日、僕のところにも警察が来たんだ。あのさ、郷木市内で別れた知人って、早苗のことじゃないか？』

　下山田は『僕のところにも』と言った。早苗は大学で刑事に質問された時よりも不安になった。

『違うのか？』

「刑事さんが言ったの？」

『いや。教えてくれなかった。でも、早苗の大学、確か伶功大学じゃなかった？』

　下山田は早苗の大学を覚えていた。大学が郷木市にあることも知っていた。嬉しい気持ちにはならなかった。むしろ怖かった。陽菜が私を頼って来るなんてあり得ない。そう言えば、下山田はどう感じるだろうか？　刑事には、陽菜が訪ねて来たことを話したが、下山田には隠したかった。でも隠し通せるとは思えなかった。話をした方が楽になるだろうか、いや、もっと苦しくなるだけだ。心が揺さぶられるように感じた。

『早苗、聞こえる？』

「あたしのせいよ。あたしの……」

『どういうことなんだ？』

「向井、あたしのアパートに来たの。一晩泊めてあげたけど、翌日別れたの。あの日、家まで送っていってたら……」

『君のせいじゃないよ』

「いいえ、あなただったら、どうしてた？　きっと、家まで送り届けていたはずよ」

『さあ、それは解らない。僕の方が君よりは薄情な人間だ。それは知っているだろう』

　そうだ。決して深い付き合いじゃなかったけれど、三年も好意を寄せていた女の子の存在に気づいていながら、積極的な後輩に心を奪われてしまった男。早苗がそんなことを考えていると、意外な言葉が聞こえてきた。

『早苗。明日、空いてないかな？』

「えっ、日曜だから学校は休みだし。何も予定はないけど」

『じゃあ、会ってくれないかな。早苗とは向井のことで気不味《きまず》くなっただろう。ずっと気にしていたんだ。それに……』

「それに何？」

『向井のことも心配で、捜したいんだ』

ああ、結局そういうことか。下山田は最後に陽菜と会った人から事情を聞きたいだけなんだ。早苗は自分が馬鹿みたいだと思った。彼に会うべきではない。そう思いながらも、

「いいよ。あたしも責任を感じているし、下山田くんに協力するわ」

そう言ってから、翌日に落ち合う場所と時刻を決めた。早苗は通話を切ると、そのまま、じっとスマホを見ていた。

「あたし、いったい何がしたいの……」

独りの部屋で、早苗は声に出して言った。

＊

駅の改札口が見える場所に立って、早苗は下山田を待っていた。背の高さも歩き方も髪型も変わらない姿が見えた。その顔が動いて、こちらを向いた。目が合った。下山田の顔を見るのは一年と七か月ぶり。でも、それは卒業式の日に少し見ただけ。勿論面影は残っているが、今の彼はすっかり精悍な大人の顔に変わっている。懐かしがったりしたくない。

「久しぶり」

声は変わらなかった。

店に入りメニューを見ると意外に本格的な感じの料理名が並んでいる。グルメではない早苗は写真がないのでイメージできない。メニューを眺めていた下山田が顔を上げた。

「ここ、お薦めの料理ってある？」

「初めてだから解らないわ」

「へぇ、地元なのに」

「地元だから来ないのよ。ここまで帰ってきたら家で食べられるじゃない」

「ああ、なるほど。女子はそうか。じゃあ」

下山田はボロネーゼを選び、早苗はトマトソースのパスタを選んだ。この店を決めたのは下山田だった。敷絵駅に一番近いイタリアンレストラン。インターネットで調べたら、それなりに評判が良かったという。オーダーした後、下山田は自分の大学生活の話ばかりしている。合コンの自己紹介で慣れている感じだった。ほどなく料理が運ばれてきた。

「相変わらずね」

早苗は笑いを堪えられなかった。会う直前までドキドキしていたことが嘘のように感じられる。そうだ。自分はもう大人。高校生の自分じゃない。

「えっ、何が？」

早苗は下山田が手に持っている物を指差した。

下山田も笑った。そんなに辛党ではない彼だが、パスタに限っては、驚くほど大量のタバスコを振りかける。ジェノベーゼでもボンゴレでも。みんな同じ味になってしまう。

「ところで、向井のことだけど」

二人が料理を殆ど食べ終えた頃、下山田はようやく切り出した。今日は楽しいデートではない。早苗は陽菜が家に現れた時の様子から話した。全てを話すつもりはなかった。

「……それから、朝ごはんを食べて、家を出たのよ」

「歩いて駅まで？」

　刑事には『途中で別れた』と言ったが、下山田には薄情な女と思われたくなかった。『二人で一緒に？』とは訊いていないんだ。早苗は自分にそんな言い訳をして小さく頷いた。

食事を終えて店を出た頃には、二人に話すことは無くなっていたが、

「駅まで送ってくれないかな」

　下山田は言った。笑顔が眩しかった。早苗は下山田と並んで駅の方へ歩いた。高校生だった頃を思い出すが、手をつなぐことはない。

「向井と別れる前だけど、あいつ、何か変わった様子はなかった？」

「気づかなかったわ……。下山田くん、やっぱり今でも陽菜のことを」

「いや、あいつに対してもう愛情はない。本当に別れたんだ」

「信じられない。じゃあ、どうして行方不明の陽菜を捜したいの」

「僕は向井に酷いことを言った。あいつのせいで、君と別れることになった。だから、あいつを憎んでいたくらいだ」

「ずいぶん卑怯な言い方ね。陽菜が可哀想」

「何とでも言ってくれ。ただ、今は後悔している。僕は君と別れたくなかった。できることなら、君ともう一度やり直したい」

その言葉が早苗の頭の中でガンガンと反響する。その言葉、もっと早く聞きたかった。それが本音だったが、早苗の口からは全く別の言葉が出ていた。

「やめて！」

早苗は大きな声を上げた。周りの通行人が驚いて二人を見ている。下山田は黙り込んだ。早苗は下山田の手を引いて通行人の視線から逃げるように歩き出した。駅の改札が見えた。

「今日はありがとう。付き合ってくれて」

「これから、どうするの？」

「向井を捜す」

「そんな……。犯人が解らないのに、当てなんかないでしょう」

下山田は引きつった笑顔を作った。危険な言葉が早苗の頭をよぎった。『あたし、一緒に捜してもいいよ』そう口元まで出かかった言葉を、早苗は飲み込んだ。

「じゃあ」

下山田は笑顔で手を振っていた。

「じゃあ、また」

早苗は下山田よりも二文字多く付け足した。たった二文字だが、その二文字は軽くはなかった。

# 第二章　殺人

## 1　久保田努

十月五日、今日から朝のシフトに回された久保田勉に笑顔はなかった。午前六時から八時はコンビニエンスストアが最も混む時間帯だ。店に入ってくるのは、サラリーマンかOL風の連れのない単身の客であることが多い。そんな中、その客は明らかに通勤途中のOLには見えなかった。大きな赤いキャリーケースを重そうに引きずっていたからだ。その客は店内の品物には見向きもせずに直接カウンターまで歩いて来た。何か言ったのだが、声が小さ過ぎて久保田には聞き取れなかった。

「えっ、なに?　もっと大きな声で言ってくれないと、わかんないよ」

久保田の苛立った声に、女は首を竦めたが、さっきよりは大きな声を出した。

「このキャリーケースを宅配便で送りたいんです」

久保田は面倒臭い客だと思いながらも、メジャーでキャリーケースのサイズを計り、伝票とボールペンを女に突き出した。

「じゃあ、これを書いてください」

女が伝票に必要事項を書き込むと、久保田は伝票を見て、記載内容に漏れが無いことを確認した。そして剥離紙を剥がして伝票を雑にキャリーケースの側面に貼り付ける。それは一連のルーチンワーク。伝票の差出人欄には『向井陽菜』と書かれていたが、コンビニのアルバイトにとって、それは印象に残る名前ではなかった。久保田は客が帰ってからキャリーケースをカウンター内の隅に転がした。それから約一時間後、宅配業者が集荷に来た。ドライバーはキャリーケースをゴロゴロと転がして、店の外に出して、トラックに積み込んだ。

三日後の十月八日、女子高生誘拐事件の報道がテレビで流れた。番組内で女子高生の名前も彼女が持っていたキャリーケースについても伝えられたが、久保田がそのニュースを気に留めることはなかった。

## 2　伊藤進

女子高生誘拐事件は公開捜査になったことで、大量の情報が捜査本部になだれ込んだ。それらは警察に通報されるものばかりではない。インターネットの掲示板には、善意の第三者を気取った情報提供もあった。信憑性を論じる以前の稚拙な偽物ばかりだったが、日本の警察官は一つ一つ地道に当たっていった。

「くそっ、また空振りか、世の中には、つくづくヒマ人が多いぜ」

　十月九日、その日最後の聞き込みを終えた伊藤は車に戻るなり愚痴をこぼした。相棒の高塩はあきらめムードだった。

「仕方ないですよ」

「いや、明日はタレコミ情報の裏取りはしないぞ」

「いいんですか？」

「もう一度、十月五日の朝に立ち戻るんだ」

　敷絵駅の防犯カメラは空振りだったが、陽菜のケータイの移動履歴から彼女が敷絵駅周辺まで来ていたことは確認されている。陽菜が早苗と別れたのは、敷絵駅に来る途中の場所だった。伊藤は、その場所から敷絵駅までの間を徹底的に調べることにしたのだ。

　翌朝、伊藤と高塩は早苗が陽菜と別れたという場所に立った。

「三十分ばかり前ですね」

　高塩は腕時計を見ながら言った。

「ここから一番近いコンビニは何処だ？」

「それなら……、ああ、こっちです」

　高塩はスマホを見ながら歩きだした。そのコンビニエンスストアは歩いて三分くらいの距離にあった。店に入ると、二つあるレジカウンターは両方共接客中だった。手前のレジで接客が終わるタイミングを見計らって、伊藤は店員に警察手帳を見せた。

「仕事中悪いんだけど、聞きたいことがあるんだ」

その店員はひどく驚いていたが、伊藤が防犯カメラの映像を見たいだけであることを告げると、安堵の表情になって、『レジ休止中』のプレートをカウンターに置いた。防犯カメラの映像には、法令上の保存期間の規定はない。この店ではハードディスクに上書きする方式で、一週間分だけが保存されていた。その映像の中に、キャリーケースを引きずる少女の姿が写っていたのだ。

「これは向井陽菜だ。あなたが五日前に対応されたばかりですよ。彼女が誘拐されたことは公開捜査されていたんですがね」

伊藤は一緒に防犯カメラを見ていた店員を責めるように言った。

「テレビのニュースなんて見ないし」

ネームプレートが久保田となっている店員は口を尖らせた。

「キャリーケースの送り先、解りますよね」

「伝票が残っているから」

店員はそう言って伝票を出した。送り先は松棒《まつぼう》市のコンビニエンスストアになっていた。

「コンビニから別のコンビニ……。どういうこっちゃ？」

「伊藤さん、受取スポットですよ。ネット販売の商品なんかをコンビニに送ってもらい、そこで受け取るんです」

「なんで自分の住所に送らないんだよ。それにこの暗唱番号って？」

「住所や名前を知られたくない人が利用するんです。この暗証番号で受取人であることを確認して商品が手渡されるシステムです」

「なるほどな。陽菜はキャリーケースを匿名の誰かさんに送ったってことか」

思いがけない大きな手掛りに伊藤はニヤリと笑った。二人はコンビニを飛び出すと、すぐに車を松棒市に向けて走らせた。

「犯人からの連絡が途絶えたこと、伊藤さんはどう考えられています？」

「可能性はいくらでもある」

「勿論そうですが……、犯人は電話を掛けた後で、向井陽菜を死なせてしまったんじゃないでしょうか」

「人質が死んだから、身代金の要求も断念した？　ずいぶんと律儀な誘拐犯だ」

「向井陽菜は電話で言っていたそうじゃないですか。犯人は悪い人じゃないって」

伊藤は鼻で笑うと、車の前方を指差した。陽菜がキャリーケースを送った受取スポットに指定されたコンビニだった。伊藤は店長らしい中年の男に警察手帳を見せた。

「こちらの防犯カメラの映像を見せて欲しいんですが」

「はい。それは勿論かまいませんが」

「女子高生誘拐事件、ご存じですよね？　その女子高生がキャリーケースをこちらのコンビニに送っているんです。これがその伝票です。この店でキャリーケースを受け取った人間がいるはずで、警察は事件の関係者と考えています」

「解りました。ええっと、当日配達ですね。ああ、当日の午後九時四十分に引き渡しをしてます。防犯カメラに写っているでしょう」

それから、防犯カメラの映像の確認を始めて間もなく、高塩は驚きの声を上げた。受け取りに来た人間は小柄な女。オレンジ色のボウタイブラウスにスキニーデニムを穿いていた。その日の朝、敷絵のコンビニでキャリーケースを預けた女と同じ女に見えた。

「しかし、こいつは大きな手掛りだぞ。向井の家に誘拐犯からの脅迫電話が入ったのは電話局の記録から十月六日の午前三時五分だった。つまり脅迫電話の五時間二十五分前だ。陽菜はこの近くで誘拐された。そう考えていいんじゃないか」

防犯カメラには、陽菜が店に入って来るところも、店から出て行くところも写っていた。陽菜は駅の方から来て、駅とは反対方向に歩いていた。

「一人ですね。何処へ行くつもりでしょう」

二人がディスプレイを眺めていると、陽菜の後に何人かがその道を通っていた。多くはコンビニエンスストアの利用客であり、彼らは陽菜とは反対方向に帰って行く者ばかりだった。陽菜が進んだ方向に行く人が映ったのは、陽菜がその道を歩いていた直後に店の中に入った客だった。若い男で、弁当と飲み物と雑誌を買っていた。

「こいつが尾行しているとは考え難いな。もう見えないだろう」

車の通行もあったが、防犯カメラで映されるのは車体の側面であり、ナンバープレートまでは確認できなかった。

「この二台、どっちかが陽菜を尾行していたという可能性はあるな」

伊藤は車種が判別できる写真をプリントアウトさせた。一台は白いセダン、もう一台は黒いコンパクトなツーボックス車だった。

「後で、松棒駅周辺を当たってみよう。向井陽菜は松棒駅で降りて、ここまで歩いて来たのかもしれない」

二人は店を出て、陽菜が歩いたと思われる道を進んだ。

「人家はまったくないですね」

「ああ、戻るか」

松棒駅の周辺まで来ると、高塩が看板を見つけた。

「ここにも、ネットカフェがありますね」

看板にはコミック&インターネット・サフランドと書かれている。店内に入ると、鼻が低く浅黒い顔に迎えられた。三十代後半くらいだろうか。受付には向いていないご面相だと思うのだが、その男は水色のエプロンを掛けている。胸の名札で彼の名前が太田であることを確認する。伊藤は警察手帳を示してから、陽菜の顔写真を見せた。

「十月五日なんですが。どうです。ここに立ち寄ってはいませんか?」

店員は写真を見て、首を捻った。

「身長は百五十三センチ。こういう服装をしていたと思うんですがね」

伊藤はボウタイブラウスとスキニーデニムの写真を見せた。続けて出される二枚目の写真に対して、面倒臭そうな顔をしていた店員だったが、

「もしかすると」

「覚えていますか？」

「顔はよく解らなかった。マスクをしていたからね。でもこの服装なら……。ああ、あの子か。ええ、来ましたね。でもキャリーケースは持ってなかったな」

どうやら公開捜査では陽菜の持ち物に注目が行き過ぎていたようだ。

「ここに来た時はキャリーケースを持っていなかったんです。それで、彼女に何か変わった様子はなかったですか？　誰かが彼女の様子を伺っていたとか」

「えっ、まさか、店の客が誘拐犯だってことですか？」

「そういう可能性もあると思います」

「でも、お客の様子をいちいちチェックしてないし」

「向井さんは何時頃この店に入って、何時頃出られています？　こういう売上を管理する端末には客の記録が残っているんじゃないですか？　客が男か女かとか、年恰好とか、そんな情報もいっしょに入力しているって聞いたことがあるんですが」

「まあ、そうなんだけど、正確に入れているわけじゃないんで、どうかな」

太田はそう言いながらも、端末を操作した。

「これかな。十月五日の午後六時三分から九時七分。ああ、思い出した。俺のシフトは十時

までなんだけど、あと一時間だと思って時計を見ていた頃だった」

「それじゃあ、この子の後を追いかけて出ていった人なんか、いませんでしたか？」

「ああ、そうだ。三十歳くらいの男の客が、その後すぐに出ていったんだ」

「その人は、この子よりも前に店に来ていましたか、それとも後でしたか？」

「ええっと……。そうだ。後でしたよ」

「それは、この人じゃないですか？」

伊藤はコンビニエンスストアで買い物をしていた客の写真を見せた。

「いいえ、違います。この人じゃない。これも違う。もっと四角い顔だった。ちょくちょく店に来る客です。名前や素性は知らないけど」

「でも常連なら、いろいろ話もするんじゃないですか。その人のことで知っていること、何かないですか？　何でもいいんですが」

「うーん、そんなこと言われても。ああ、そう言えば、俺、車が好きなんだけど、その客と車の話をしたことがあったんだ。トヨタ・ルーミーのGTを買ったって聞いたな」

伊藤が二枚の写真を出して、太田に確認を求めると、

「実際の車を見たことはないから、色は解らないけど、うん、これ、ルーミーですね」

太田が指差したのは黒いツーボックス車だった。

ネットカフェを出てから、伊藤と高塩は松棒駅周辺の防犯カメラを片っ端から調べていき、トヨタのルーミーを見つけ出した。車のナンバープレートが判明し、運輸支局を通して、

所有者の名前と住所に辿り着いたのだった。

＊

問題のルーミーはアパートの駐車場に停めてあった。伊藤は所有者の部屋の玄関が見える場所で張り込んでいた。そこに高塩が駆け寄って来て耳元で囁く。

「神宮寺彰兵は十月六日の木曜から無断でバイト先を休んでいるそうです」

「うむ、脅迫電話の後からか」

伊藤は目をアパートから逸らさない。

「何かありましたか？」

「いや、静かなもんだ。さあ行くぞ」

伊藤は歩き始めた。玄関ドアの前に立ち、チャイムのボタンを押す。

「神宮寺さん」

ドアを叩き、声を上げるが、中からは何の反応もない。ドアノブに手を掛けると、鍵が掛かっていて開かない。伊藤はポケットに手を突っ込んだ。既にアパートの管理人から合鍵は預かっている。合鍵でドアを開けると、沓脱には男物の履物が二足あった。二人の刑事は靴を脱いで中に入る。

「神宮寺さん」

もう一度呼びかける。狭い廊下の左手にドアがある。開けると、四畳半に満たない広さだった。物置部屋にでもなっているのか、電化製品やバッグ、洋服などが散らかっているが、人はいない。廊下の右手がダイニングキッチンだった。シンクには洗う前の食器がいっぱいになっている。三角コーナーからは不快な臭いがする。キッチンの奥に引き戸がある。それを開けると六畳くらいの部屋だった。ここが寝室のようだ。ベッドカバーはくしゃくしゃに乱れている。そこも無人だった。

「少女と一緒に逃げているんでしょうか?」

「車を置いてか?」

伊藤は首を捻る。そして鼻をクンクンと鳴らす。

「においますね」

高塩が言うと、伊藤は自分のだんご鼻をつまんだ。臭いを遮るためではなく、鼻に神経を集中させるためだ。

「いや。違う」

伊藤は首を振って寝室を出ると、ダイニングキッチンを素通りし、その先にある浴室のドアを開けようと手をかけた。その瞬間、伊藤の耳の奥で「ジャーン」と銅鑼の音が鳴った。伊藤は長年の刑事生活で事件に出会う瞬間が解る体質になっていた。職業病と言ってもいいかもしれないが、伊藤は自分の特殊能力、誰にも話したことのない特殊能力と大いに関係があると思っている。

浴室のドアを開けると、一気に臭気が強まった。目に飛び込む光景は伊藤の脳裏にあった直前のイメージどおりだった。伊藤の背中にくっつくようにして、浴室を覗いた高塩が

「あっ」と声を上げる。

それは水の張っていない浴槽の中で、じっと大人しくしていた。人形ではない。全裸で仰向けになり、両脚は浴槽の縁に掛かっていた。腹部には乾いた血痕が模様を作っていた。刺し傷の数は数える気にはならなかったが、水で流されたのか、血痕は意外に少なかった。

伊藤の耳の奥で鳴っていた銅鑼の音は治まっていたが、目に映るリアルな映像とは別の代替虚像（オルタナティヴ・イメージ）が脳裏に重なった。それは殺人者の姿に見えた。これこそが伊藤の特殊能力だった。しかし、そんな虚像も現実の高塩の声で遮られた。

「殺られましたね」

若い高塩は悔しそうに呻いた。伊藤にとっては見慣れた光景である。死後かなりの時間が経過していることは、ベテラン刑事の目には明らかだった。ただ気持ちは高塩と同じだ。

伊藤は無表情のまま、ガラケーを取り出して、捜査本部に第一報を入れた。死体が松棒市で発見されたことから、松棒市を管轄する警察本部の鑑識課が現場に臨場するという。この後、二人は玄関から外に出て、木偶の坊のように突っ立っているしかできなかった。

＊

鑑識作業を終えて、アパートの部屋から出てきたのは、天然パーマの髪が耳の半分を覆った、彫りの深い顔の男だった。偶然にも警察学校の同期との再会だった。もっとも相手は伊藤と違って、三年前には昇進試験に合格している。

鑑識課の脇山公彦《わきやまきみひこ》警部補は、伊藤と高塩の素手をジロリと見ると、律儀にも嫌味を忘れなかった。

「まぁ、しっかり残してくれたもんだ。仕事が増えて失業しないのは、ありがたい」

「無駄口はいい。ガイシャは？」

「ああ、この家の主で間違いないだろう」

「犯人の手掛かりは？　指紋は？」

　脇山は首を横に振った。

「壁や家具には、不自然に拭き取った跡があった。指紋には期待できないな。そりゃあ、そうだろう。今時、指紋を残してくれるような奇特な犯罪者にはお目にかかれないさ」

「誘拐犯が深夜に掛けた脅迫電話、外の公衆電話は使いにくいと思うんだが」

「まあな」

　伊藤と脇山が話していると、シートに包まれた死体が担架に乗せられて運び出された。伊藤は脇山から、この後司法解剖がなされることを聞いた。しかし死体は既に数日が経過していたことは伊藤にも解っていた。正確な死亡推定時刻の特定は難しいだろう。

「神宮寺が誘拐犯だとして、誘拐された被害者がいないのは……」

　伊藤は顔を顰め、その後の言葉を飲み込んだ。

＊

　誘拐された女子高生の地元から遠く離れた松棒市のアパートで、殺人事件が発生した。死体となって発見された男は、女子高生誘拐事件の有力な被疑者となった。男の名前は神宮寺彰兵。松棒市内のホームセンターに勤めるアルバイト従業員だった。年齢は三十七歳、独身で結婚歴はなかった。仕事はホームセンターのバックヤードで商品の集荷や配送を行っていた。勤続年数は一年に満たない。大学を卒業後、人材派遣会社に就職したが、僅か三年でその会社を退職し、その後はアルバイトを転々としていた。

当然ながら合同捜査本部が設置されることになり、今後の捜査の指揮官は伊藤の直属の上司である澁井警部から、松棒市を管轄する県警本部の捜査一課、管理官が担当することになった。誘拐された女子高生の父親である向井芳雄からの通報直後から事件の捜査に加わっていた伊藤と彼の相棒である高塩は引き続き新捜査本部に合流することになった。市といっても松棒市は県内の大都市から遠く離れており、土地の殆どが山林で凶悪事件など滅多に発生しない。そんな場所で発生した殺人事件である。地元の警察署は県警本部から乗り込んできた警察官に圧倒され、異様な雰囲気に包まれていた。会議室の最前列に並んだ錚々たる幹部陣の中で、管理官の琴原総一郎警視は両手を組んでいる。そんな中、澁井警部は全く物怖じすることなく誘拐事件の経緯を説明した。

「なるほど解りました。そういうことなら、これまでの初動捜査に不備はなかったと言えるでしょうね」

管理官は上から目線で言った。澁井は表情を緩ませた。

次に、神宮寺の部屋を調べた脇山検視官の報告になった。

神宮寺が誘拐犯だということは、彼の部屋に残されていたスマホの発信履歴で確認された。十月六日午前三時、神宮寺は南米のボリアドレに国際電話を掛けている。そこから複数のサーバーを経由して向井陽菜の家の固定電話に電話していたのだ。彼のスマホの発信は、中継局の履歴データから、神宮寺のアパートを含む区域だったと判明した。つまり神宮寺は自分のアパートから、スマホを使って身代金要求の電話を掛けていたと考えられる。部屋の遺留品から神宮寺の毛髪とは異なる毛髪が発見された。これが向井陽菜のものであれば、彼女がこのアパートに連れ込まれていたことの証拠になる。

捜査会議を終えて、伊藤と高塩には、行方不明の向井陽菜の家に行くという任務が割り当てられた。

＊

スカイラインの中で伊藤が言った。

「これから、長距離運転の日々が続くぞ」

「大歓迎です。僕、車の運転は好きですから」

「それは良かった」

向井陽菜の家に着いたのは、正午を少し過ぎた頃だったが、遠慮することはなかった。

玄関ドアのチャイムを鳴らすと、すぐにドアが開いた。

「お昼時に恐れ入りますが」

「刑事さん。何か解ったんですか？」

向井和江の縋《すが》るような目が痛かった。

「いいえ、まだお話しできることはないんです」

「そうですか。では今日はどうして？」

「陽菜さんの持ち物をお借りしたいと思いまして。陽菜さんが使っていたヘアブラシとか、ありませんか？」

「ええ、それは、ありますが……。まぁ、そんな」

　和江は泣きそうな顔になった。

「いいえ、違います」伊藤は首を横に振った。

「違いますって、身元不明の死体が出たんじゃないんですか？　その為のＤＮＡ鑑定に必要なんでしょう」

　和江はヒステリックに叫んだ。

「いいえ、陽菜さんは見つかっていません。陽菜さんがいた可能性がある場所を見つけただけなんです。それで、その場所にあった遺留品を照合する為に必要なんです」

　伊藤が言うと、和江はふーっと息を吐いた。

「そうですか。ああ、良かった。良かった」

　和江は手を合わせて拝む恰好をしてから、

「あっ、犯人は？」

「いいえ、残念ながら」

　伊藤は言葉を濁した。嘘をつくつもりはなかったが、和江がそれ以上追及してこなかったので、伊藤は被疑者が死体で発見されたことは話さなかった。

「ちょっと待っててください」

和江は家の奥に行き、すぐにヘアブラシを持って戻ってきた。

「これです。照合が合えば、手掛りになるんですよね」

「ええ、そうです」

伊藤が言ったのはそれだけ。照合が合うことの意味を教えることはしなかった。手袋を嵌めて、ヘアブラシを受け取ると、そこに毛髪が付いているのを確認してから、慎重に証拠品用の透明袋に入れた。向井邸から捜査本部に戻った伊藤は鑑識課の居室に向かった。ドアを開けて、パーティションを抜けると、脇山が若い係官に何やら説明していたが、

「おや、珍しいな」

脇山は伊藤に声を掛けた。伊藤は机に書類が山積みされた居室を見回してから、

「捜査一課も他人のことは言えないが、ここは酷いな。こんな状態で正確な鑑定ができるのかよ?」

「これがベストの状態なんだ」

脇山はそう言うと、乱雑な書類の中から一枚を取り出した。それは横軸に目盛がうってあり、幾つかのピーク波形が描かれたチャートグラフだった。

「神宮寺のアパートに残されていた、神宮寺以外のＤＮＡのプロファイルだ」

伊藤は神妙な顔で頷くと、ポリエチレンの袋に入ったヘアブラシを差し出した。

「これと照合してくれ」

「まかせろ。結果は明日の午前中に出す」

　その翌日、証拠品を採取した警察官も証拠品を鑑定した警察官も、その労力が報われた。身代金誘拐事件の被害者は殺人事件の被疑者に変わったのだ。

## 3　永井早苗

　テレビ画面に映る顔にはモザイクが掛けられていた。

『娘さんから連絡があったんじゃないですか?』

　リポーターは不躾にモザイクの顔にマイクを近づける。

『いいえ、何も、本当です』

　その声は加工されていなかった。モザイクの人は女性だった。その女性は逃げるようにモザイクが掛けられたドアを開けて家の中に身を隠した。

　早苗は腹立たしい気持ちで、テレビのスイッチを切った。早苗は陽菜の母親に会ったことがない。だから自分のことのような痛みは感じられない。それでも憐憫の感情はあった。自分が憐憫の感情を抱くなんて、おこがましいこと。早苗は自分を責めた。

　警察の発表は慎重だった。重要参考人という言葉さえ、敢えて使わなかった。殺人事件に関して、誘拐された少女が何らかの事情を知っている可能性がある。警察は少女の安全を第一に考えて、その行方を捜していると。

　しかしながらマスメディアは慎重ではなかった。誘拐犯が自宅で殺害され、誘拐された少女が忽然と消える。そんな前代未聞の展開に色めきたったのだ。数日前までは、少女は既に死んでいるという推測が支配的だったが、ここにきて、少女は生きているという前提での報道に変わった。

　ニュースを見終えた早苗は風呂に入ろうと、脱衣所で服を脱いだ。最後の下着を洗濯カゴに入れた時、スマホが鳴った。発信者の表示を見て、思わず電話に出てしまった。

『もしもし、僕だけど、今いい？』

　早苗は下を向いて、裸の下半身を見た。

「はい、大丈夫です」

『早苗のところに、向井から連絡なんか、入ってないよな？』

　早苗の目の前に下山田はいない。それなのに、彼にマイクを突きつけられた感じがした。

「いいえ。電話はないわ」

『そうか』

「ねえ、下山田くんも陽菜は逃げているって思っているの？」

『いや、僕も解らない。でも向井は家出をした時、君を頼って君の家に行ったんだろ』

「そうだけど……。もし、陽菜が逃げているんなら、あたしじゃなくて、下山田くんに連絡するんじゃないかしら」

『それはない』

その言葉だけは力強かった。早苗は言いだすことを躊躇っていたが、結局、言ってしまうことにした。

「あたし、もう陽菜は生きていないんじゃないかって思うの」

『うん、僕もそう思う』

意外にも、下山田はすぐに言葉を返してきた。

『でも、まだ間に合うかもしれない。そう思いたいんだ』

早苗は解った。下山田は陽菜が自殺する可能性を心配している。

『早苗、大学の授業、明日休めないかな？』

「どうして？」

『言い難いことだけど、向井を捜すのを一緒に手伝ってくれないだろうか？』

下山田が言ったのは確かにそれだけだったが、早苗の中で、『できることなら、君ともう一度やり直したい』という言葉が蘇った。危険な香りと共に、幾つもの断る理由が早苗の目の前に投影される。早苗は意識して、それらを見ないようにした。

「解った。あたしも一緒に捜すわ」

『本当にいいのか？』

「ええ、ちょうど明日は大事な講義はないから」

『良かった』

今度も下山田が待ち合わせ場所を決めた。それは早苗が住む街と下山田が住む街の中間に位置する、特急列車の停車駅だった。早苗はスマホを洗面所に置いて浴室に入った。普段よりも時間をかけてボディソープを泡立てた。

＊

なんてことないジャケットも、下山田が着ると、テレビコマーシャルのタレントみたいに似合っている。ファッションに疎い早苗は、それが有名ブランドの服なのか、ファストファッションの店で売られる安物か区別はつかない。それでも下山田が今日の服装に気をつかっていることくらい、早苗にも解った。下山田が肩に掛けているデニム地のショルダーバッグは薄くペチャンコだった。彼は早苗を見つけて駆け寄ると手を差し出した。

「荷物、持つよ。悪かったね」

早苗は、自分の大きなボストンバッグが今すぐ小さく縮んで欲しいと願った。

「ありがとう」

電話で行き先を聞いた時から、日帰りはできないことも考えた。すると、どうしても荷物は多くなってしまった。下山田は空を見上げている。

「なんか天気が悪いな。傘持って来なかったけど、大丈夫かな？」

「降水確率は三十パーセントだって。一応、折畳み傘は持ってきたけど」

「雨が降ったら、入れて」

下山田は何とも気さくに言う。早苗は小さく頷く。

なぜ敏川市なのか、早苗には解らなかったが、想像はできる。だから理由を尋ねるつもりはなかった。陽菜が持ってきた赤いキャリーケースが脳裏に浮かんだ。あれはいつ買ったものだろうか？　思考が早苗の頭の中で渦巻く中、プラットフォームに、明るい色の列車が入ってきた。車両側面が太陽の光を反射し、早苗が考えていることを吹き飛ばした。

下山田は早苗を先に車両に乗せると、自分は通路側に座った。窓側の早苗は下山田の視線を感じたが、下山田は車窓から外の景色を見ていただけだったのかもしれない。特急列車が走り出すと、下山田は車窓から目を離した。

「今までの経緯を少し整理しよう」

下山田は陽菜が家出してからの彼女の行動を振り返り始めた。

「十月三日の月曜日の夜、向井は進路のことで、両親と口喧嘩になって家出をしたんだな」

「ええ、その日は銅場市のネットカフェに泊まったらしいわ」

「僕らが高校の時はなかったよな」

「うん、一年くらい前にできたみたい」

それは、早苗が陽菜から聞いたこと。一緒に夕飯を食べながら、陽菜は地元の話題をいろいろ教えてくれた。

「ネットカフェか。宿泊施設じゃないんだが」

「そうね。周りの音は煩《うるさ》かったし、リクライニングチェアは寝心地が悪くて、朝起きたら、首が痛くなっていたって」

「しかし今じゃあ、アパートの家賃すら払えなくなった人も利用するって言うじゃないか。なんてことだ。高校生が家出をするハードルはずいぶん低くなった」

早苗はクスッと笑った。

「下山田くんだって、最近まで高校生だったのに」

下山田は早苗の笑いが理解できなかったようだ。目だけで問い返した。早苗は言葉を続けた。

「年寄りみたいだと思って」

下山田は照れ笑いを返した。

「向井はネットカフェに懲りて、君のアパートに泊めてもらおうと考えたんだな」

「ビジネスホテルには及ばないけどね。それなのに、また」

「松棒市のネットカフェ・サフランドはリクライニングチェアが殆どフラットになるんだ。たぶん銅場市のメイディンボールってところより快適だったんだろうな」

「えっ、下山田くん、まさか?」

下山田は小さく頷く。

「そうなんだ。ニュースで知ってから、俺、実際に行ってみたんだ。そこの店員に話を聞いたら、前日に刑事が調べに来たらしくてね。向井のことを思い出したんだって言ってたよ。刑事は向井が店を出るのと同じくらいの時間に店を出た客がいなかったかって、聞いてきたそうだ」

「犯人もそのネットカフェにいたってこと？」

「そうじゃないかな。でも、もし神宮寺彰兵もその店に来て、向井が家出少女だと気づいて犯行に及んだとしたら、実に不幸な巡り合わせだ」

下山田の口から誘拐犯とされている男のフルネームが出てきて、早苗はどきっとした。しかしすぐに驚く必要はないと思い直した。テレビのニュースで名前が出ていたはずだ。

「本当に」

早苗はそれだけ言って黙ってしまった。

「向井は神宮寺に誘拐された。脅迫電話があったのは深夜の三時過ぎ。これは遅すぎる」

「どういうこと？」

「ネットカフェの店員から聞いたんだが、向井が店を出たのは十月五日の夜、九時過ぎだったらしい。その後誘拐されたとすれば、神宮寺は六時間も経ってから身代金要求の電話を掛けたことになる」

「誘拐がもっと後だったんじゃないの？」

「いや、誘拐してから、電話をするまで時間があったんじゃないかって思うんだ」

「下山田くんは、最初は身代金目的の誘拐じゃなかったって？」

「その可能性はあると思うんだ。早苗も向井の性格は知っているだろう。だから想像できるんじゃないか」

早苗は下山田の真意を測りかねていた。

「想像できるって？」

「いや……。どうだった？　彼女を泊めた夜」

「どうだったって？」

「寝る前に、両親の悪口を言ってなかったか？」

　早苗は心臓が止まるかと思った。そうだ。確かに下山田の言うとおりだった。でも、それを下山田が知っているということは……。早苗の口の中に苦い味が広がった。

「そうだけど」

「やっぱりな」

　下山田は予想的中を喜んではいない。溜息をついてから、

「狂言誘拐の可能性もあるってことだ」

　そう吐き捨てるように言った。早苗は下山田のことが恐ろしくなった。狂言誘拐は自分も考えていたことなのだ。それでも早苗は下山田に同調しなかった。

「まさか」

「そう考えれば、華奢な向井が大の男を油断させて、刺し殺すことは十分に可能だ」

「でも、それじゃあ、お金は手に入らないんじゃないの。向井が自分で身代金を取りにいくことはできないでしょう」

「狂言誘拐の協力者が神宮寺一人ならね」

「神宮寺に仲間がいたってこと？」

「可能性を否定することは出来ないだろう」

「そうね……。あっそうだ。神宮寺に仲間がいたとすれば、神宮寺は仲間割れで殺されたってことも考えられるわよ。向井が犯人じゃないかも」

「仲間割れか？」

　下山田は首を捻った。早苗の考えに賛成したくないように見えた。

「うん、可能性は否定できないな」

　下山田は口の中で何かブツブツ言っていたが、結局、推理を巡らせるには材料が少なすぎるという結論に至った。特急列車は定刻どおりに目的地に着いた。雲が多く天気はあまりよくないが、雨が降りそうなほどではない。平日にも拘らず敏川市は観光客が多かった。この時期、紅葉にはまだ早い。田舎生まれの早苗にとって、森や林といった自然は驚きの対象ではないが、緑の中にポツポツと黄色が混じっている美しさは心が洗われるようで好ましかった。隣に下山田がいる。二人で並んで歩きながら早苗は血生臭い事件を忘れて、高校生の頃の気持ちになっている自分を意識したが、その気持ちは長くは続かなかった。

「あそこで聞いてみる」

　下山田が顔を向けた先はビジネスホテルだった。

　フロントで下山田は写真を見せた。写真は警察が誘拐事件の公開捜査に踏み切った時、ネットに公開された画像で、下山田がプリントアウトして持ってきたものらしい。早苗は下山田と別れてから、下山田の写真を全て消去していた。彼も本当に陽菜の写真を一枚も残していなかったのだろうか。そう思った早苗だったが、それを訊くことはできなかった。

「この女の子なんですが、最近こちらに来てないですか？」

フォーマルな濃紺の制服を着た女性は写真を手に取った。

「この方は？」

「行方不明になっているんです」

ホテルマンは改めて写真を眺めると、驚きの声を上げた
「こっ、この子、誘拐された女子高生、確か、向井って名前だった」

神宮寺の死体発見以降は、マスメディアは陽菜の顔写真を自粛しているが、ホテルマンは以前のテレビニュースを覚えていたのだろう。

「さあ、私は解りませんが、他の者にも聞いてみます。少々お待ち下さい」

ホテルマンは丁寧に頭を下げて奥に引っ込んだ。暫くして別の男性が出てきた。

「こちらには来られていないようです」

下山田は礼を言ってホテルを出た。外に出ると、下山田は迷うことなく歩き出した。早苗は黙って従う。歩きながら下山田は中学の時の運動会の話をした。それから高校の時の合唱コンクールの話やいろいろ。それらは早苗の思い出でもあったが、二人だけの思い出ではなかった。思い出は何人かの友達と共有するものだった。ここは下山田が以前陽菜と二人で来た場所に違いない。その思いがじわじわと早苗の心を侵食していく。

小さな土産物屋が見えると、下山田は思い出したように店の中に入った。ホテルの時と

同様に彼は写真を見せて、店員に陽菜について尋ねた。しかし店員は首を横に振った。最初からあまり期待はしていなかったようで、彼はあっさりと引き下がった。その後も何か所かで、下山田は陽菜について訊いて回った。しかし早苗には、彼の捜し方が何となくおざなりに感じられた。あまり熱心に陽菜の行方を捜しているようには見えなかった。もしかしたら自分に遠慮しているのかも、と早苗は思った。下山田は陽菜を捜しながら、早苗の普段の生活についていろいろ訊いてきた。早苗は大した話はできなかった。休みの日も洗濯と掃除くらいしかしていない。本当に地味な学生生活だと思う。

「早苗は綺麗好きだったもんな。俺のアパートを見たら、汚くて卒倒するかもしれないな」

早苗は笑ったが、すぐに顔を伏せた。もし下山田のアパートを見る機会があるとしたら……。そう考えて想像を膨らませる。もう高校生の少女ではない。

「そうだ。クラリネット。大学の吹奏楽部には入ってないの？」

「うん、大学の部活って結構ハードなの。それで、らくーな軽音楽サークルってとこに入ったんだけど、籍があるってだけで、殆ど練習してないの」

「幽霊部員って奴だな。でも勿体無いな。早苗のポワァン、プァパァパ、パァア〜、良かったのに」

下山田は見えない指揮棒を振り、ガーシュウィンの「ラプソディ・イン・ブルー」のイントロ部分をまねて歌った。それは早苗がソロをやった数少ない演奏曲だった。高校最後の文化祭で、三年生の早苗に大役を任された。オープニングのグリッサンドが特に難しかった。緊張で心臓がバクバクしていたのを思い出す。自分では失敗したと思ったけど、終わってみれば、みんなに褒められた。なんだか複雑な心境だった。

「下山田くんはどうなの？　何か部活、やっているの？」

「まあね。部長をやってるんだ」

「へぇ、何部なの？」

「自由活動部。好きなことを好きな時にやる。そんなダチが四、五人すぐに集まるんだ」

「下山田くんらしいわね」

下山田は饒舌だった。早苗は思った。下山田は陽菜の捜索よりも、自分とのデートを優先しているのでは？　いや、それは自惚れに違いない。そんな自問をしながら早苗は下山田と並んで観光地を歩いた。

早苗はチラリと左手首に目をやった。大学の入学祝いとして、両親に買ってもらったマークジェイコブスの腕時計。ブランド品に興味がない早苗が唯一持っているブランド品。チャラチャラしていない機能的なデザインの物を早苗自身が選んだ。日帰りできる最終電車の時刻は出発前に確認していた。シルバーの針はその時刻が近づいていることを示す。

二人が歩く前方に、昔ながらの雰囲気を残した商店街のアーケードが見えた。下山田はそこに進んでいく。地元の人と観光客がミックスされ、日常と非日常が絶妙にハーモナイズされている。ここで陽菜のことを訊くのだろう。早苗はそう思って、下山田についていったが、彼は誰にも陽菜のことを訊こうとはしなかった。

和菓子の店の前で、下山田は立ち止まった。

「ここに入ろう」

店内には畳敷のイートインスペースが併設されていた。カウンター下のショーケースには、花の形をした和菓子が沢山並んでいた。小豆の甘い香りが早苗の鼻をくすぐる。下山田はショーケースに目を向けたまま訊いてきた。

「どれにする？　あんこ、好きだったろ。ここでちょっと休もう」

「あんこ？」

早苗は聞き間違いかと思ったが、下山田は真面目な顔で頷いた。

「そう。早苗、言ってたじゃん。チョコレートや生クリームのケーキより、あんこの和菓子が好きだって」

それで思い出した。高校一年の頃に和菓子に嵌《はま》っていた。でも、それはほんの一時的なことだった。そんなことを言われるまで、早苗自身がすっかり忘れていた。

「下山田くん、覚えていてくれたんだ」

「あんこを見ると、思い出すんだ」

下山田は照れくさそうに自分の鼻を触る。早苗は今では和菓子よりもケーキが好きになっていたけど、今、それを言う必要はない。早苗は胡桃がトッピングされた小豆の和菓子を選んだ。靴を脱いで畳に座る。夏休みに実家に帰って以来の感覚。靴下だけの解放感が自分と下山田の距離を縮める。お茶とお菓子を食べながら、腕時計に目をやる。電車では日帰りできない時間になっていた。和菓子店を出て、下山田はホテルに泊まろうと言った。向かった先は敏川市に到着して最初に訪ねたビジネスホテルではない。それよりもずっと高級そうなシティホテルだった。その夜、二人が結ばれるのは自然な流れだった。

早苗の瞳から光るものが零れた。英明は早苗の髪の毛を優しく撫でてくれた。早苗は二年前の自分を後悔していた。

## 4　伊藤進

神宮寺彰兵の死体が発見された十月十日の時点で、既に死体の死後硬直は完全に解けており、腐敗網の状況から死後三日以上が経過しているという結果が出た。そのため、数時間単位の死亡推定時刻の特定は困難と思われていた。ところが意外な装置が事件の手掛りを提供することになった。それを指摘したのは、鑑識課の脇山警部補だった。

「ちょっとこれを見てくれ」

脇山は捜査会議で、レターサイズくらいの紙を捜査員たちに見せた。数字が表示された計器の写真が印刷されている。

「水道メーターのパンフレットだ。神宮寺が借りていたアパートは決して新しくはないが、水道メーターだけは、どういうわけか多機能型メーターに切り替わっていた。この会社のセールスマンが優秀だったのかもしれないな」

「脇山、いったい何が言いたいんだ」

　琴原管理官が苛立ったように言った。

「こいつのおかげで神宮寺の死亡推定時刻、もう少し狭く考えてもいいかもしれない」

「なんだって？」

「知ってのとおり一般的な水道メーターは、人間がメーターの数字を読み取って検針するんだ。つまり、水道がいつ使われたかは解らない。でも、こいつはお利口さんでね。水道の使用料を定期的に計測して記録しているんだ。これによると、水道が最後に使われた時間帯がわかる」

　琴原は面白くなさそうに唇を曲げていた。

「どうして、それで死亡推定時刻が推定できるんですか？」

　一人の若い捜査員がそう訊いた。脇山はニヤリと笑う。

「神宮寺の死体は浴室で発見されている。浴室が犯行現場だと考えれば、浴室の壁には相当量の血液が飛び散ったはずだ。でも浴室の壁は綺麗なもんだった。犯人は浴室で死体の血を大量の水で洗い流したんだ。その時に当然水道が使われた。水道メーターの記録によると、十月六日の午前六時以降、水道は使われていない。殺しの後で浴室の血痕を洗い落としたとすれば、殺しは十月六日の午前六時以前に行われたことになる」

「なるほど。そういうことか」

　琴原は満足気に頷いた。脇山の発見により、神宮寺の死亡推定時刻は神宮寺が脅迫電話を掛けたとされる十月六日の午前三時から、浴室の血痕を洗い流したとされる十月六日の午前六時までの三時間に狭められることになる。

管理官はこの狭められた死亡推定時刻を前提にした捜査方針を全捜査員に告げた。伊藤は素直に喜んだ。ちらりと脇山の顔を見た。意外だった。脇山は自分の意見が認められたにも拘わらず、難しそうな顔をしていた。

＊

伊藤と高塩は、神宮寺が住んでいたアパートの住人に対して、再度の聞き込みを行った。アパートの戸数は六戸で、全員が単身者だった。その誰もが新聞を取っていなかったので、朝が早い新聞配達人から情報を得ることは出来なかった。神宮寺の部屋はアパートの一階だったが、通路の一番奥の角部屋であったため、彼の部屋の前を通る人は少なかった。唯一の隣人である小嶋隆には、特に執拗に事情聴取がなされることになった。

「付き合いがないんでね、殆ど知らないんですよ」

伊藤の質問に小嶋は申し訳なさそうな顔をした。

「犯行は十月六日の午前三時から六時までの三時間に行われたと思われます。この時間帯、何か物音とか聞かれませんでしたか？」

「気づかなかったですね」

小嶋は顔をしかめて首を横に振った。

「殺された神宮寺さんは犯人と相当激しく争っていたと思われるんです。大きな音がしたと思うんですが」

「へえ、そうなんですか。それで刺された場所は何処だったんですか？」

報道機関には、殺害状況の詳細は公開されていないが、アパート内での刺殺ということだけは伝えられていた。伊藤は自分の判断で殺害場所を示すことにした。

「風呂場です」

「それなら僕が気づかないのは当然なんですよ。浴室は反対側だから」

それは言い訳に聞こえたが、伊藤にはそれ以上の追及をする材料もなかった。

小嶋の話を聞き終えて二人がアパートを出た時、高塩が伊藤に訊いてきた。

「本当でしょうか？　確かに犯行場所は隣から離れているけど、狭いアパートですからね。隣の住人が誘拐した少女を無理やり連れ込んでいて、全く何も気づかなかったなんて」

「小嶋が嘘をついているってか？　まあ可能性は否定できないな。小嶋が誘拐にも関係している方が、向井陽菜にとっては都合がいいんだろうが」

「それは？」

高塩が訊いてきた。

「単独犯じゃなければ、神宮寺を殺した犯人が向井陽菜じゃないという可能性も出てくるだろう」

伊藤はそう言いながらも、彼の刑事としての勘は、神宮寺を殺した犯人は誘拐された向井陽菜だと主張していた。

## 5　平野篤

向井陽菜の家に犯人からの脅迫電話があってから、丸六日が過ぎた十月十二日の朝、状況に新たな進展があった。

五年前に長年勤めた建設会社を定年退職し、現在は年金生活をしている平野篤という男にとって、一一〇番通報自体は初めての経験ではなかったが、その通報内容の種類は初めてだった。彼は毎朝、飼い犬の晴来《はく》を連れて散歩するのが日課になっていた。元来運動嫌いだったが、高血圧、高脂血症の生活習慣病にかかって、医者から毎日の規則正しい運動を強く勧められていた。

その日も、平野はいつもと同じコースを散歩していた。突然、飼い犬は主人を引っ張って激しく吠えだした。前日も同じ場所で、その犬は吠えていたが、彼は取り合わなかった。しかし、その日の吠え方は尋常ではなかった。なんとか主人を雑木林に連れ込もうとしていることは明らかだった。平野は胸騒ぎを覚えた。そこは住宅地から少し離れており、自治体の整備は後回しにされている場所である。

「ハク、わかったわかった」

晴来は犬好きの妻、洋子がペットショップでひとめ惚れして買った豆柴である。初めてプレゼントしたボールで遊ぶのが大好きな二歳の男の子。子供が出来なかった平野夫婦にとって、今や子供か孫のような存在になっていた。平野は晴来に引っ張られて荒れ放題の雑木林に入っていく。足元は枯れ枝が散乱し歩き難かったが、晴来は猪突猛進という感じだった。小さな晴来にこんな勇ましいところがあったのには驚きだった。雑木林の中ほどに来ると、晴来は前足で懸命に土を掘りだした。埋まっていたものの一部が露出した。晴来の前足の動きは緩慢になった。埋まっていたものを傷つけまいと配慮しているかのようだ。平野が見守る中、明らかに人間の身体の一部であることが解った。

平野の身体はバネ仕掛けの玩具のように後ろに弾かれて尻もちをついた。本当に驚いた時には声が出ないことを彼は知った。晴来は自分の任務は終わったと思ったのだろう。おとなしくなって、尻もちをついた主人を心配そうに眺めていた。

平野は何とか起き上がると、雑木林から抜け出して道路に出た。大きく息を吐いてから、ガラケーから買い替えたばかりのスマホを取り出して、画面を操作した。呼び出し音が鳴ったのはほんの数秒だった。

『はい、こちら一一〇番です。事件ですか、事故ですか？』

「死体を発見しました。ここは……」

平野は既に平静を取り戻して、市民としての責任を果たした。

『解りました。いますぐ警察をそちらに向かわせます。この電話は切らないでください』

平野は名犬と共にパトカーの到着を静かに待った。

## 6　伊藤進

伊藤と高塩が押っ取り刀で現場に駆けつけた時、地元の警察車両は二台が停まっていただけだった。伊藤は雑木林の入口で警察手帳を見せる。

「お早いですね。ご苦労さまです」

制服警官が二人の刑事に頭を下げて、立入禁止のテープを外す。埋められていたのは若い女性だった。身元を特定する物は見つからなかったが、その雑木林は向井陽菜が誘拐された可能性がある範囲だったので、所轄の警察署は公開捜査をしている誘拐事件の捜査本部に速やかに連絡したのだった。数メートル奥に入ったところにブルーシートが敷かれ、死体が横たわっていた。小柄な女で、肌を隠すものといえば、ショーツ以外では身体じゅうにこびりついた黒い湿った土だけだった。

伊藤と並んで死体を覗き込んだ高塩は、「うっ」と口を押さえた。

「だらしないやつだな」

神宮寺の死体を見た時は、それほどショックを受けていなかった高塩だが、同じ裸でも男と女の違いのせいか。それとも腐敗状況のせいか。伊藤はそんなことを考えた。腐敗がかなり進行していたが、顔から本人を特定できないほどではなかった。先に現場に来ていた刑事が伊藤の顔を見る。

「どうですか？」

「身内に確認してもらう必要はありますが、おそらく」

伊藤が悲痛な顔で言った時、

「それ以上は近づかないでくれ」

背後から、よく通る声が聞こえた。鑑識課の脇山警部補だった。彼は屈み込んで、目を閉じて死体に両手を合わせる。検視作業に取り掛かる前のルーティーンである。

脇山は死体の肌と接触している土を慎重に剥がして小さなポリ袋に入れると、助手に手渡した。土を取り除いた肌の表面に小さな刷毛を添わせてから、顔を近づけて観察する。彼の注意は腹部から足先に向かい、再び腹部から頭部に向かった。永遠に自らの意思では開くことのない瞼を開けて瞳を観察する。傍にいた助手に所見を告げ、助手はメモを取る。その様子を少し離れて見守っていた伊藤にも、脇山の言葉は聞こえたが、多くは専門用語なので理解は出来なかった。

最後に、脇山は死体の顔を観察して立ち上がった。

「事故死でも自殺でもない。吉川線がはっきりある。後は司法解剖だ」

脇山は鑑識員に目配せした。伊藤はブルーシートに包まれた死体が担架に載せられて運び出されていく様子をじっと見ていた。

「どっちが先に殺られたか？」

伊藤がポツリと漏らす。

「しかしなぁ、死体は殺人を犯せない。どっちが先であろうと」

脇山は伊藤の肩を軽く叩いてから、鑑識課のワンボックス車に乗り込んだ。

＊

向井陽菜の死体が発見された現場周辺は鑑識職員によって念入りに捜索された。死体が埋められた穴から半径四、五メートルの範囲は掘り返されたが、陽菜が持っていた赤いキャリーケースは見つからなかった。遺留品と言えるものは死体が身に着けていた小さなショーツ一枚だけだった。

伊藤は死体の状態を見て、違和感を覚えた。それは犯人像に対する違和感だった。犯人が被害者の身元判明を遅らせる為に死体を全裸にすることは多いが、この犯人は下着一枚だけを残している。下着以外の衣服やキャリーケースを持ち去ったのなら、下着を持ち去ってもよかっただろうに。

そもそもキャリーケースに関しては大きな謎が残っている。陽菜は十月五日の朝、コンビニエンスストアで郷木市から松棒市へキャリーケースを送っている。受取スポットというシステムを利用してだ。おそらくキャリーケースの配達を早苗に知られたくなかったのだ。だから、敷絵の駅に行く途中で早苗と分かれて別行動を取ったのだろう。キャリーケースは当日配送され、不思議なことに陽菜が自ら受け取っている。当初は松棒市に住む誰かに送るつもりだったが、その誰かが何らかの理由で受け取りに行けなくなり、それで陽菜が自ら松棒市に行って、荷物を受け取らなければならなくなった。そうは考えられないだろうか？　松棒市には我々が知らない何かがあるように思えてならない。そしてその何かが事件の鍵を握っているのだ。伊藤はそんなことを考えていた。

陽菜の死体が松棒市の雑木林で発見される前は、捜査本部では、陽菜がアパートで神宮寺を殺して逃げている、という見解が支配的だった。女が先に浴室に入り、油断した男が入ってきてから、いきなり隠し持っていた刃物で男を刺す。滅多刺しの犯行は如何にも女の犯行らしかった。しかし陽菜も殺されていた。死亡推定時刻の特定は神宮寺の場合以上に困難だろう。つまり神宮寺が陽菜を殺していた、という可能性が再び浮上したのだ。

伊藤と高塩は雑木林から車道に降りて、自分達が乗ってきたスカイラインに戻った。二人がシートに座ると、高塩が訊いてきた。

「陽菜が先に死んでいたとすれば、神宮寺殺害は陽菜を殺されたことの復讐だったってことはないでしょうか？」

「どうかな？」

伊藤は腕を組んだ。

「神宮寺が陽菜を殺したことを知った第三の男」

高塩が言った。それを聞いて、伊藤の頭の中で、アントン・カラスのチターが鳴った。学生時代に入った名画座。映画はほとんどサスペンスしか見ない。モノクロのシーンは色あせない。

「ふん、第三の男が復讐の為に神宮寺を殺したのか？」

「ええ、そうです」

「どうやって知るんだ？」

「それは……、何らかの方法で……。もしかしたら神宮寺が第三の男に陽菜の殺害を喋ったのかもしれません」

「ほう、信用するかな？」

伊藤は首を捻る。

「写真はどうでしょう。陽菜の死体を撮影しておいて、その写真を送りつけたとしたら」

「押収した神宮寺のスマホには、そんな送信記録はなかったぞ。そもそも理由が解らん。神宮寺にそんなことをしなくちゃいけない理由があるのか？」

「我々が全く知らない深い怨恨があったのかもしれませんよ。第三の男は」

伊藤はニヤリと笑った。

「さっきから、第三の男って言っているけど」

「ええ、勿論解っています。第三の男っていうのは男女の男じゃなく、第三の人間っていうことで」

「解っているならいい。さあ、やってくれ」

伊藤は顎をしゃくったが、高塩は訊いてきた。

「何処へ？」

伊藤が目的地を言うと、高塩は喜んだ。自分の推理が認められたと思ったのだろう。スカイラインがルーフに赤色灯を乗せて発進すると、伊藤はすぐに目を瞑った。復讐による殺人という推理に対して違和感を抱いていた。そもそも先に殺されたのが陽菜だったという仮説にすら、伊藤は懐疑的なのだ。死体が発見されたアパートで、伊藤は頭の中で確かに銅鑼の音を聞いた。脳裏には現実とは異なるオルタナティヴ・イメージが浮かんだ。

『誘拐された少女が殺した！』

勿論それは非論理的だ。刑事の勘と言ってしまえばそれまでだが、その勘によれば、陽菜よりも神宮寺が先に殺されているはずなのだ。しかし勘はあくまでも勘に過ぎない。伊藤は勘の為に成すべき仕事を疎かにする男ではなかった。

陽菜が殺されて復讐する動機のある人間はすぐに思い浮かぶ。助手席の伊藤は走り出した車内からガラケーで電話を掛けた。警察がルーティーンで行うひとつのオペレーション、被害者家族への電話連絡を止める為に。

＊

高塩が運転するスカイラインは多兼町に向かった。向井陽菜の家の近くで停まる。

伊藤は近隣住人から再度聞き込みを行うことにした。公開捜査が決まってからは近隣住人への聞き込みがされていたが、自ら確認したいと思ったのだ。伊藤は隣家のドアチャイムを押した。陽菜の母親、向井和江と同じくらいの年齢の女性が出てきた。警察手帳を見せると、女性は目をしょぼしょぼさせた。

「向井さんのおうち、お気の毒です。娘さんは、まだ見つからないんですか？」

伊藤は事実を伏せて尋ねた。

「それで、十月四日の火曜日から十月六日の木曜日、この辺りで、不審な人物を見かけられたことはないでしょうか？」

「いいえ。気づきませんでしたよ。それにしても、警察は何度も同じことを聞くんですね」

「すみませんね」

「あのぉ、向井夫妻は、どうでしょう。普段と変わったことは？」

「えっ、まさか、刑事さん、向井さんのこと、疑っているんですか？」

女性の目には、非難の色が込められていた。

「いいえ、そうじゃないんです。もしかすると犯人に何か言われて、警察に内緒で何処かへ行かれたかも、そういう可能性も考慮しているんです」

「ああ、そういうことですか」

女性は納得した様子で、向井夫妻の行動を話し始めた。普通の主婦にしか見えない女性だったが、隣人の行動には驚くほど詳しかった。伊藤は自分の家の隣人の顔を思い浮かべて、背筋が寒くなるのを感じた。伊藤は女性に頭を下げて、聞き込みを切り上げた。

「少なくとも、奥さんの方は犯人に何かを強制されていることはないようですね」

「次は旦那の方だ」

伊藤はそう言って、助手席に乗り込んだ。スカイラインは隣の銅場市に向かった。やがて大きな工場が見えた。ビルの屋上にはバイコーマシンのロゴがある。警備所らしき建物の前で車を停める。伊藤が車から降りて、受付で警察手帳を見せる。

「生産管理部長の向井芳雄さんは在社されていますか？」

刑事の来社に受付係は緊張していた。向井陽菜の事件のことは報道されていたが、刑事が会社に来るとは思っていなかったようだ。受付係はディスプレイを確認してから、

「はい。向井は会社におります。面会でしょうか？」

「そうです。向井さんには連絡せずに来たんですが」

「暫くお待ち下さい」

受付係はそう言うと、ケータイで何か話してから、そのケータイを刑事に差し出した。

「向井さんです。どうぞ」

『刑事さん、何か、何か解ったんですか？』

伊藤は思わずケータイを耳から離した。それくらい父親の声は大きかった。

「はい。何処か静かな部屋でお話ししたいことがあって」

『解りました。応接室が空いていると思いますから、そこでお願いします。場所は警備所で訊いてください。すぐに行きますから』

伊藤は第三応接室の場所を教えられた。手渡されたＶＩＳＩＴＯＲ用のネームクリップを持って、刑事二人は工場敷地内の建物に入った。ロビーの案内板を見て第三応接はすぐに解った。その部屋に入って三分もせずに向井芳雄が入ってきた。

「みっ、見つかったんですか？　陽菜が」

伊藤は頭を下げただけで黙っていた。父親は未だ見つかっていないと判断したようだ。

「そうですか。まあ座って下さい。コーヒーでも」

向井は手でソファを勧めたが、伊藤は立ったままで、

「いえ、おかまいなく。今日はお伝えしなければならないことがあって来ました。普通は係の者からお宅に電話で連絡するのですが」

相手の表情が変わった。一気に不安が大きくなったのだろう。伊藤は努めて事務的な口調で事実を告げた。目だけは向井の表情の変化を冷静に観察しながら。

「あぁ、そっ、そんな……」

父親はソファの肘掛けに手をついた。身体を震わした。もう立っていられないようで、崩れ落ちるようにソファに身を沈めた。伊藤は父親が落ち着くのを待った。

「念の為、身元確認をして頂きたいのです」

「わっ、解りました。家内には？」

「いえ、まだです」

「ああ、どう言っていいのか……」

「もし、よければ警察から連絡しますが」

「いえ、警察からだと、ショックが大きすぎる。今から帰って私から話します」

「そうですか。それではお願いします。一時間くらいしたら、もう一度連絡します」

伊藤は丁寧に頭を下げて、高塩と共に応接室を出た。

「演技とは思えませんね」

　高塩の感触に伊藤も反論はしなかった。

＊

　死体確認の為に向井夫妻が警察署に到着した時、彼らは警察署の待合室で待たされることになった。母親も父親も終始無言だった。もはや彼らを観察する必要もない。伊藤がそう思った頃、待合室にノックがあり、制服警官が入ってきた
「お待たせしました」

　伊藤は頷いた。司法解剖前の死体が霊安室に運び込まれたのだ。伊藤は向井夫婦と共に待合室を出た。静かな廊下にコツコツコツと冷たい靴音が響く。その部屋のドアにはプレートが掛かっていなかった。ドアを開けると線香の匂いがした。廊下よりも少し薄暗い部屋だった。係官が一人、白いシーツがかけられたストレッチャーの横に立っていた。

　顔を強張らせた向井夫婦は一歩一歩近づく。係官は頭を下げてからシーツをゆっくりと捲る。少女の目は閉じられていた。頬はふっくらとしていた。既に苦悶の表情は無い。首の両側に保冷剤の袋が見えた。発見時には初期の腐敗が認められたが、家族の心情を考慮して最低限の化粧が施されている。それが哀しい。伊藤にはこの後のシーンが解っていた。何度も経験しているが、それでも慣れることはない。

　娘の変わり果てた姿を見た瞬間、両親は泣き出すことはなかった。状況が理解できないようにも見える。

「ちがう。ちがう……」

和江はそう叫んでいたが、芳雄は唇を噛み、顔を歪めて目を瞑っている。和江はよろよろとストレッチャーに崩れた。彼女は少女を抱きながら、わなわなと震えた。

「間違いありません。娘の陽菜です」

芳雄が落ち着いた声で言った。和江が嗚咽を漏らした。突然、芳雄が伊藤に迫った。

「陽菜は、陽菜は……、やはり誘拐犯に殺されたんですか。刑事さん、教えて……、教えて下さい。一体誰がぁ」

哀れな父親の顔に対して伊藤は首を横に振った。

「まだ、はっきりとは」

その後、父親の咆哮が霊安室に大きく響いた。それに応えるように、亡骸を見守っていた蝋燭の炎が揺れた。伊藤は深く頭を下げてから霊安室を出た。この後、遺族には遺体引き渡しに関する説明が係官からなされる。

*

伊藤と高塩は捜査会議の席についた。神宮寺彰兵と向井陽菜の間に、事件前の接点は見つけられなかった。家出少女が偶然入ったネットカフェに不埒な男が偶然入った。そこで少女は男に目をつけられた。つまり行きずりの犯行の蓋然性が高いと考えられた。

司法解剖の結果は、脇山警部補から報告された。死因は現場検証での第一所見どおり、絞殺だった。凶器は頸部の表皮剝脱からベルト状のものと判明したが、素材等の詳細は不明だった。死体は死後四日以上が経過していたと推定されたが、正確な死亡時刻は特定出来なかった。死体には情交の痕跡が認められた。被害者の体内から神宮寺の精液が検出されたのだ。捜査員は誰もその事実に驚くことはなかった。脇山は深刻な顔で続けた。

「問題は、生前情交の痕跡ではなかった、ということです」

会議室にざわつきが起こった。

「つまり向井陽菜は神宮寺彰兵よりも先に死んでいたのです。向井陽菜に神宮寺を殺すことは出来ない」

脇山は断言した。

「ちがうっ！」

伊藤は立ち上がって、会議室に響き渡る大声を上げた。捜査員は一斉に伊藤を見た。伊藤は脇山を睨んでいた。

「間違いはないのか？」

「間違いはない」

脇山は穏やかに言った。それから検視状況を詳しく話し始めた。専門的な内容を脇山は噛み砕いて説明した。そのため時間を要した。それでも、捜査員全員が真剣な顔で聞いていた。殺害の順序は極めて重要なポイントであることは、皆が理解していた。

説明が終わると、異議を唱える者はいなかった。神宮寺と陽菜の死亡順序が確定したことにより、今後の捜査方針は決まった。

翌日、伊藤は高塩と共に仁邦大学に行った。

神宮寺が陽菜を殺し、神宮寺はその復讐の為に殺された。そう仮定した場合、復讐を考える人間は両親以外に恋人という線もある。陽菜は男友達が多かったが、はっきりと一人の恋人がいるようではなかった。伊藤は守田光希から陽菜の元カレの名前を聞いたことが引っかかっていた。下山田英明、金持ちの坊ちゃんという印象で、凶悪な殺人を犯すような男には見えなかったが。

大学の総務課で下山田の履修科目を確認し、その教室に向かった。講義が終わって学生が出てくるが、その中に下山田はいなかった。通路を行き交う学生たちに伊藤は大きな声で呼びかけた。

「すみません、下山田英明さんをご存じの方、いらっしゃいませんか？」

伊藤の声は聞こえているはずなのに、学生は何の反応も示さず歩いて通り過ぎる。改めて、警察手帳の威力を思い知らされる。苦笑いして、呼びかける役を高塩に譲る。すると声の違いの影響とも思えないが、一人の男子学生が刑事の前で立ち止まった。

「あのぉ、下山田くんに何か用ですか？」

少し小柄で下膨れした顔の学生だった。高塩は彼だけに見える角度で、チラリと警察手帳を出した。学生の顔が強張る。

「ああ、そんなに緊張しないで下さい。ほんの少しだけ、下山田さんにお話を伺いたいことがありまして。今日、下山田さんは？」

「休みじゃないかな。この前の講義にもいなかったし」

「そうですか。下山田さんのケータイの番号とか、ご存じありませんか？」

「いいえ、僕は電話で話すほど親しくしてないから。ところで刑事さん、下山田くんが何か事件に関係しているとかですか？」

「いいえ。ある事件の関係者が下山田さんの知り合いのようなんです。それで、話を聞きたかっただけで、下山田さんがどうこうという話ではありませんので、ご安心ください」

「ちぇっ、なんだ」

　学生は刑事を見て、気まずそうに視線を外してから、吐き捨てるように言った。

「別に下山田を心配したわけじゃない」

「おや、あなたは下山田さんにあまりいい印象は持たれていないようですが」

「ええ、下山田はあのとおりスタイルも顔もいいでしょう。あいつに泣かされた女の子は大勢いるんじゃないかな」

「プレイボーイなんですね。それじゃあ、恋人の為なら自分に危険なことも厭わずに行動するようなことって、ないでしょうかね？」

「ないない」

　学生は自分の顔の前で掌を大きく左右に振った。

「あいつ、女は使い捨てと思っているんです。女の為になんてあり得ない」

「ずいぶん辛辣ですね。何かありましたか？」

「ああ、いや、噂……。噂ですよ。すみません。もうこれくらいで」

「そうですか、でも火の無いところに何とかって、言いますからね。また何か伺うこともあるかもしれませんので、お名前を聞かせてもらってもいいですか？」

「えっ、警察に訊かれるのは、ちょっと。ほんとに僕、詳しいことは知らないんです。ああ、次の講義があって急いでいるから」

学生は逃げるように去っていった。

「下山田からケータイの番号を聞いておけば良かったですね」

高塩は残念そうに言ったが、下山田が素直に話してくれたとは思えない。伊藤は大股で歩いた。ケータイの番号を調べる手段はある。

## 7　永井早苗

早苗は決して内向的な性格ではなかったけれど、いつの間にか友達から合コンに誘われなくなった。そのことを寂しくも感じなかった。そんな乾いた日常を、たった一人の男がゲリラ豪雨のような勢いで流し去った。早苗は泥のように眠った。目覚めると、お姫様のように優しく扱われた。英明があまりにも女性を喜ばせる術を知っていることに驚き、また少し怖くもあった。今、早苗は英明の端正な顔を見ながら、ホテル内のレストランで遅い朝食を摂っている。まるでハネムーンをしている新婚夫婦のようだ。

スクランブルエッグとハッシュドポテトは、こんなに美味しい食べ物だったのだろうか。ナイフとフォークを動かしながら、早苗は今朝のそれも僅か一時間前の激しい行為を思い出し、自分の頬が火照るのが解った。英明はケチャップをたっぷりかけた三本目のソーセージを口に運んだ。早苗は自分が同じ人と二度目の恋に落ちたことを強く意識していた。過去の出来事は忘れよう。早苗はそう自分に言い聞かせながら英明の顔を見ていた。綺麗な顔は思い出したい記憶だけを思い出させてくれて、思い出したくない記憶を忘れさせてくれる。そう信じたかった。

「うん？　どうしたの」英明が顔を上げた。

「えっ、うん、下山田くん、よく食べるなと思って」

「二日も付き合わせて、悪かったね」

「ううん、大丈夫」

「ありがとう」

英明の声が早苗の耳に心地よく響く。今日は何処を捜すのだろう。早苗は忘れられないはずの過去を忘れていた。不謹慎なことに行方不明の陽菜を捜すことがリゾート地でのアクティビティに思えた。大学の合格祝いということで家族揃って「無鹿リゾート」に行って美味しい鹿肉料理を食べたことを思い出す。しかし二日目のアクティビティは最初からスケジュール表に入っていなかったのか、それともキャンセルされたのか。英明は真っ直ぐに駅に向かい、二人分の帰りの乗車券を買った。

「もう、捜さないの？」

「うん」

「あたしが『陽菜は生きていないんじゃないか』って言ったから？」

「いや。違う」

英明は手に持っている二人分の乗車券に目を落とした。

「もしかしたら向井はここにいるかもしれない。そう思ったけど、初めからそんなことはなかったんだ」

英明は顔を上げず、早苗の乗車券を差し出す。それを早苗が受け取ると、英明は改札に歩きだした。帰路は二人とも寡黙だった。車窓の景色を視界に流しながら、早苗は英明の言葉の真意を推し量っていた。陽菜は死んでいると認めているのか。それとも陽菜にとって、ここがたいした場所ではなかった、と認めているのか……。

電車が駅に着いた。昨日、待ち合わせした駅。二人はここで別々の路線に乗り換えになる。英明に続いて電車から降りる。英明はホームの中ほどで立ち止まった。

「じゃあ」

その後、英明は首を下に曲げると、上着の内ポケットに手を入れて、スマホを取り出した。左手を前に出して、早苗に対して「ちょっと待って」という合図を送る。

「もしもし……、ええ、そうですが……。はい、休みましたが、それが？……。ええ、今朝はテレビのニュース、見ていなくて……」

その後、英明の表情は明らかに変わった。大勢の人々が行き来するプラットフォームの騒音で、英明の声は聞き取り難かった。

「はい。アパートに帰りますが……、でも、僕は何も知りませんよ……。解りました。ここからなら、三十分ちょっとくらいでしょうか……。はい、では、その時に」

「何があったの？」

「ああ、着信が入っている。電車に乗っていて、気づかなかったけど」

英明はスマホを上着のポケットに入れて、落ち込んだ顔を見せると、首を横に振った。

「向井が……、死体で見つかった」

やはり警察からの電話だった。いつか、そんな知らせが来るだろうと思っていた。

「でも、どうして下山田くんに？」

早苗は言ってから、すぐに自分のスマホを確認した。それには着信が入っていなかった。

「解らない。でも僕から話を聞きたいそうだ。大学に入ってからは向井と会うこともなくなっていたのに」

早苗には英明の言葉が言い訳のように聞こえた。英明は何か知っているのかも。そんな疑いを持ったのは、これが最初ではない。突然、英明から電話が掛かってきたあの時から。

「警察が来るって言うから、これからアパートに帰る。早苗はどうする？」

「あたしも帰るわ……。電話、ちょうだい」

「解った。警察の話が終わったら、早苗に電話するよ」

英明と別れて、自宅に帰ってからの早苗は何もする気になれなかった。スマホで向井の事件を調べる。女子高生を誘拐したと考えられていた神宮寺は死亡し、誘拐された女子高生は絞殺されていた。二件の殺人はどちらが先に起こったか、現状では不明のようだと書かれていた。ネットの記事は憶測だらけのものも多かった。何度読み返しても、事件の真相に繋がるヒントは見つけられなかった。

## 8　伊藤進

伊藤が下山田のスマホに電話を掛けてから、ちょうど四十分後、伊藤と高塩は下山田のマンションの前にいた。玄関チャイムを鳴らすと、下山田はすぐに出てきた。

「ご旅行中だったそうで、急にお呼び立てしてしまい、すみませんね。良かったですか？」

「ええ、もう用事は済みましたから」

「ちなみに、どちらへ？　ああ、言いたくないならいいんですがね」

「いいですよ。変に疑いをもたれて、コソコソ調べられるのも嫌ですからね。敏川市です。もしかすると、行方不明の向井が逃げているのかも。そう思って捜しに行ったんです」

「あなたは向井さんが神宮寺を殺したと確信されていたんですか？」

「いいえ。でもマスコミはそんな報道だったでしょう。だから、もしかすると……」

下山田は一旦言葉を切ってから、首を横に振った。

「信じられないことですが、もしかすると、そういうこともあるのかも。ちらっと、そう思っただけです」

「はあん、ちらっと思っただけで？　それは、それは。つまり敏川市は向井陽菜が逃避行するのにふさわしい場所なんだ」

　伊藤は敢えて粗暴な口ぶりで言った。

「いえ、解りません」

「解らないわけ、ないでしょう」

「以前、彼女と旅行した場所だったから。ただそれだけです」

　下山田は悪びれもせずに言う。見た目のいい男は中身がからっぽに見えるのは、やっかみだろうか？　伊藤はそう思いながら訊いた。

「なるほど。思い出の場所ということですな。それじゃあ今回は一人で？」

「いえ、永井早苗さんと一緒です」

「なんですって！」

　高塩が大きな声を上げた。伊藤自身も驚いていたが、高塩の驚きは、それ以上のようだ。今のところ、生きている陽菜を見た最後の人物である。そのことは公表していない。

「それはどうして？」

「永井さんは向井が誘拐されたことに責任を感じていたんです。それで一緒に探そうということになって」

伊藤は早苗と下山田が連絡を取り合っていることに引っかかった。食べ物が歯と歯の隙間に挟まっているような。

「下山田さんは永井さんとも親しいんですね」

「いえ、卒業してからは会ってなかったんですが、この前、刑事さんの話を聞いて、郷木市で別れた友人って、永井さんじゃないかと思ったんです。それで久しぶりに彼女に電話をしました」

「高校時代は付き合っていらっしゃったのですか？」

「まあ、友達の一人です。僕が向井と付き合う前の友達です」

「そのこと、陽菜さんは知っていましたか？」

「向井は知らなかったんでしょうね」

「そうですか。ところで十月五日の夜から十月六日の午前六時にかけて、どちらにいらっしゃいました？」

「それって、確か向井が誘拐されたって日の……。僕が疑われているんですか？」

下山田は不満そうな顔をしていたが、アリバイの供述を強く拒否することはなかった。

「十月五日の夜八時からサッカーの国際試合が余代市で行われたんです。僕は根っからのサッカーファンでね。それで観戦に行っていたんです。応援の甲斐があって二対一で日本が勝ちました」

「試合の後は？」

「グランベリーホテルに泊まりました。予約を入れていたんです。ホテルに確かめてもらえば解りますよ」

　サッカーの国際試合が開催された日のホテルの予約など、普通は極めて難しいと思われる。しかし下山田は高級ホテルの名前をいともあっさりと出した。

「ありがとうございました。また何か、お話を伺わせてもらうことがあるかもしれませんので、その時はよろしくお願いしますよ」

　伊藤は軽く頭を下げると、下山田英明を開放した。車に向かう途中で伊藤が呟く。

「最近の若い奴がやることはよく解らん。おまえさんは若いから、俺よりは解るんじゃないか」

「解らないって？」

「行方不明になった元カノを捜す為に、別の元カノと一緒に旅に出るって」

「それなら僕も解りません。僕には一緒に旅ができるような女の人、いませんから」

「情けない奴だな」

「相手が永井早苗ってことは気になります。二人が事件に何らかの関与をしているんじゃないでしょうか？」

「そうなら、二人で旅に出るような目立つことはしないんじゃないか」

　伊藤はそう言ってから、ニヤリと笑った。

「なんだか、ほっとしたように見えるけど」

「そんなこと、ありませんよ」

「そう言えば、高塩、おまえ、鈴木愛奈のファンだったよな」

「なんですか、やぶからぼうに」

　鈴木愛奈は、数年前にアイドル歌手を卒業して女優に転向したが、あまり売れていない。主演を張るには華やかさに欠けるのだ。真面目そうな顔は清純のイメージには適しているが、女優としては難しいのだろう。それでも高塩は彼女の良さを熱く語っていた。

「やっぱりな。永井早苗、ちょっとあの女優に似ている」

「いいえ、似ていません」

「まあいい。くそーっ、解らないことばかりだ」

　伊藤は拳骨で自分の頭を軽く叩いてから、スカイラインに乗り込むと、余代市に向かえと高塩に指示を出した。

## 9　永井早苗

　英明と別れて家に帰ってから、一時間、そして二時間と時間が過ぎた。早苗は英明に電話を掛けたい気持ちを抑えるのが辛くなってきた。気分転換を兼ねて洗濯機を回しだしたが何度もスマホに目がいく。洗濯物をハンガーに吊るしていた時、スマホが鳴った。英明からだった。

「どんな話だったの？」

『うん。アリバイを訊かれた』

　意外な言葉だったが、英明の声からは深刻さが伝わってこない。

「アリバイって……、どういうこと？」

『十月六日のことを訊かれた』

「それって、陽菜が誘拐されて、電話があった日よね？」

　十月六日の午前三時すぎに誘拐犯と名乗る男から向井の家に身代金要求の脅迫電話があったということは公開捜査以降、いろんなマスメディアで報道されていた。

『そうなんだ』

「まさか……、下山田くんが誘拐犯だったたって、警察は……」

『全くどうかしている。誰かが僕と向井が恋人だったなんて言ったんだ。嵌められたみたいだ』

　英明は笑っているようだった。

「そっ、そんな。どうして落ち着いていられるの」

『大丈夫さ。脅迫電話は神宮寺のアパートから掛けられたんだ。電話の声は残っていないから、それが神宮寺の声だったのか、今では確認しようもない。でも僕は神宮寺のアパートには行っていないから、少なくとも僕には脅迫電話を掛けられない。神宮寺は自宅アパートの浴室で殺されたんだ。神宮寺のアパートに行っていない僕に神宮寺を殺すことなんか不可能だよ。それに神宮寺が殺された時間、僕にはアリバイがあるんだ。それをしっかり刑事に言ったんだ』

「殺された時間って、警察が教えてくれたの？」

『いや、教えてくれなかった。でも刑事は十月六日の午前六時までの僕のアリバイを聞いてきたんだ。警察だって馬鹿じゃない。僕の証言の裏をとれば、僕の無実はすぐに証明される。まあ、こんなに落ち着いて話せるのも、警察が帰って、ほっとしたからなんだけど。事情聴取されている時は本当に緊張したよ』

英明は饒舌だった。早苗が訊く前から、サッカーの試合を観戦していたことを詳しく話してきた。早苗には何となくそれが不自然に感じられた。

「そう、それなら良かったわ」

早苗は言葉を詰まらせた。英明のアリバイのこと以上に訊きたいことがあった。それは警察の捜査に関すること。早苗はテレビやネットの記事に注意していた。死体発見が遅かったので、殺害時刻の特定は難しいだろうという記事しか見ていない。

「どうして警察は誘拐犯が殺された正確な時刻が解ったのかしら？」

『どうしてだろう。でも、警察がそう訊いてきたということは、殺人は午前六時までに終わっていたってことだろう』

「そうよね」

警察は公表していない情報を掴んでいる。それは何なのだろう。早苗は気になって仕方がなかった。それでも早苗は別のことを尋ねた。

「下山田くん、これからどうするの？」

『向井の居場所を探す必要はなくなった』

「今度は犯人を捜すの？」

『馬鹿な。それは警察がすることだ』

　確かにそうだ。しかし英明の言葉はあまりにも冷めているように聞こえた。早苗は心の片隅で、英明と共に探偵の真似事をするカップルという、安っぽいサスペンスドラマを描いていた。自分自身の愚かさが風になって、早苗の身体をヒューッと吹き抜けた。

　やがて電話は切れた。次のデートの約束ができるような雰囲気ではなかった。

## 10　伊藤進

　グランベリーホテルに着いたのは夜の八時を回っていた。ロビーに入ると、天井が異様に高い。三階、四階、いや五階分の吹き抜けである。フロアはピカピカに磨かれて高級そうな黒革の大きなソファが優雅に配置されている。フロントカウンターまで歩くのすら気後れしそうに感じるくらいだった。

　伊藤は胸を張って、ホテルマンに下山田の顔写真を見せた。

「ええっと、一週間前ですね。はい、この方なら、確かにお泊りになられています」

　ホテルマンは下山田の顔を覚えていた。それでも伊藤は念の為にホテルの防犯カメラを確認することにした。伊藤がホテルの事務室に入ると、ホテルマンはパソコンを操作し、ディスプレイに撮影画像を映した。伊藤が椅子に座って十分も経たないうちに、下山田の姿が確認できた。下山田は十月五日、午後十時三十分にチェックインし、翌日の六日、午前六時にチェックアウトしていた。

「チェックアウトが朝六時っていうのは、ずいぶん早いですね」

　伊藤はホテルマンに訊いた。

「はい。朝食付きのプランだったんですが、お客様は朝食も摂らずにチェックアウトなされました」

「何か、急いでいるようでしたか？」

「すみません。そこまでは解りかねますが」

　ホテルマンは伊藤に頭を下げた。チェックアウトの時間は確かに早いが、神宮寺の死亡が十月六日の午前三時から午前六時の間である限り、下山田のアリバイは鉄壁だった。

「まあこれで、おまえさんが言っていた下山田による復讐説は消えたってことだ」

　高塩はがっくりと首をうな垂れた。

「今日は遅いから、泊まろう」

「えっ、このグランベリーホテルですか？」

「そんなわけないだろう。出張費で落とせるのは、ビジネスホテルだ。予約を入れてくれ」

「そうですね」

高塩はスマホを取り出して、一番近いビジネスホテルを予約した。

「さぁ、メシでも食いに行くぞ」

伊藤は高塩の肩を軽く叩いた。二人はビジネスホテルの近くの居酒屋に入った。高級ホテルよりもずっと落ち着くのは情けないことなのか？　店に入ると焼き鳥の香ばしい匂いが伊藤の鼻をくすぐる。高塩は二杯目のジョッキを空けてから、

「神宮寺の死体が発見されたのは十月十日の月曜です。死後四日も経っています。本来なら正確な死亡推定時刻の特定はできなかったはずなんです。それなのに三時間という間に特定された。これって出来過ぎじゃないですか？」

「デカらしいことを言うじゃないか」

伊藤は死体発見時の現場を思い出した。浴室の壁に血痕はなかった。あんなに綺麗に洗い流す必要があったのか。いや、洗い流す為だけではなく、水道を使った記録を残す為だったとしたら……。伊藤は再確認のために高塩に訊いた。

「神宮寺の死亡が十月六日の午前三時から午前六時とされたのは、水道メーターの記録だったが」

「はい。利用者の使用状況を数時間単位で記録できる最新型のメーターです」

「俺は今回の捜査で初めて知ったんだが……。下山田は工学部の学生だ。そういうメーターがあることを知っていても不思議じゃない」

高塩の目の色が変わった。

「そうですよ。下山田はホテルに宿泊してアリバイがありますが、ホテルからとんぼ返りして神宮寺を殺し、殺害時刻が六時以前のように偽装工作したかも」

下山田犯人説はまだ完全には消せない。伊藤は不本意ながら認めざるを得なかった。ホテルをチェックアウトした後の下山田の行動を更に確認する必要がある。

＊

翌日、伊藤と高塩は二日続けて下山田に会うことにした。今回はケータイで事前に連絡して、授業の合間に大学の構内で会う約束をとっていた。

グラウンドでは男子学生がサッカーに興じていた。伊藤は高校までサッカーをやっていた。ポジションはミッドフィールダー。大学に入って辞めてからは、わざわざスタジアムに行くこともなくなったし、忙しい刑事という職業柄、今ではテレビ観戦することも殆どないが、選手の動きの良し悪しは解る。

ここの学生はパスの精度が悪い。ただユニフォームだけは垢抜けたデザインで、Jリーグにも負けていない。伊藤と高塩が観覧席を兼ねている階段状のベンチがある場所に立っていると、そこに約束の時間どおり下山田が現れた。

「刑事さん、何か進捗はありましたか」

「すみませんな。もう一度アリバイを確認させて頂きたくて」

「僕のアリバイは確認されたでしょう。六時にはホテルにいたんですよ」

「六時？　随分その時刻に気を使われていますが。どうしてですか？」

「だって、六時までにあの男は殺されていたんでしょう。昨日、刑事さんが六時までの行動を訊かれたじゃないですか」

「おや、そうでしたか。いや、何度も聞いて申し訳ありませんな。どうして六時にチェックアウトされたんですか？　ずいぶん早いように思いますが」

「やれやれ。それなら、昨日、訊いてくれたら良かったですね。あの日は午前の授業があったから、早くホテルを出たんです」

「じゃあ、ホテルから大学へ？」

「いえ、一旦家に帰りました。ああ、こんなことを言うと、また疑われそうだが……。その日はちょっと頭が痛くなって、授業を休んだんです」

「すると、十月六日は自宅で休まれていた？」

「ええ、そうです。でも何か問題でもありますか？」

　下山田は身体を反らせるような素振りを見せたが、それは空元気にも見えた。

「もういいですか。次の授業もあるし」

　下山田は派手な腕時計に人差し指を当てた。ベゼルは金ピカでケースはぶ厚い。高級時計だろうことは薄給の刑事にも解るがブランドまでは解らない。伊藤は下山田を開放した。

「怪しいですね」

　駐車場に歩きながら高塩が言った。

「そうかな。六時以降の下山田のアリバイはないってことだが、下山田を被疑者に格上げするには、神宮寺の死亡が六時以降だったという証拠を掴む必要があるぞ」

伊藤は助手席側のドアを開けて、スカイラインに乗り込んだ。

*

水道メーターによって、神宮寺彰兵の死亡は十月六日の午前六時以前と特定されたが、それには何らかのトリックがあったのかもしれない。今のところトリックは解らないが、トリックがあったと仮定して、伊藤は鑑識の脇山に確認することにした。

「水道メーターを無視すれば、死亡推定時刻は十月六日の午前六時以降という可能性はあるだろう」

「神宮寺の死体の検視結果だけなら、死亡推定時刻は十月六日としか言えない」

「十月六日の何時までだ？」

「何時とは言えない。十月六日中だ」

「随分と幅があるな。安全係数を掛けすぎじゃないか。午前三時に向井陽菜の両親は脅迫電話を受けているんだぞ。神宮寺の死亡が午前三時以前としたら、脅迫電話は神宮寺が掛けたんじゃない、なんて可能性も出てくるじゃないか」

「法医学的には、そういうことだ」

「やれやれ。水道メーターのことを言ったのは、おまえさんだろ」

伊藤は溜息をついた。脇山は難しそうな顔になった。捜査会議で自分の意見が認められたにも拘わらず、難しそうな顔をしていたが、その時の顔と同じだ。

「死体発見は十月十日だったんだ。おまえも死体の状況は見ただろう」

「解った。それで十月七日までずれ込む可能性は無いということだな」

「それなら保証する」

　慎重な脇山もそれは断言した。下山田英明は十月六日の午前六時以降のアリバイがないのだ。伊藤は下山田犯行説を再考することにした。

　犯人は浴室で死体の血液を水で洗い流している。水道を使わずにバケツかポリタンクに水を汲んでおいて、午前六時以降に、その水で流すという方法なら、どうだろう。そういった細工をするには、バケツやポリタンクといった水を貯える道具が必要だが、そんな道具は部屋にはなかった。

　もし、下山田が犯人ならホテルから神宮寺のアパートに行くのは、どんなに早くても一時間半以上掛かる。つまり午前七時半以降に殺人を犯し、死体の血痕を洗い流し、水を蓄えていた道具を部屋の外に持ち出さなくてはならない。アパートの住人や近所の人に気づかれずに行うのは、どう考えても難しい。それでも、伊藤は下山田の写真を持って、神宮寺のアパート周辺で徹底的に聞き込みを行った。結果は誰一人として下山田らしき姿を見ていなかった。下山田が神宮寺を殺した可能性は極めて小さいと言える。

　アパートの住人については、神宮寺の死体が発見された直後から、念入りに調べられていた。アパートの住人同士、殆ど付き合いがない状態であり、彼らの中で、被疑者に格上げできる人間は見つからなかった。

# 第三章　倒錯

## 1　永井早苗

帰宅ラッシュというほどではないが、五時限目を履修してから帰るこの時間帯は大抵シートに座れない。早苗は吊り革に掴まり揺られていた。車窓から見えるのはレールと並行に走る車たち。近づいては離れ、離れては近づき、電車はそれらを追い越していく。早苗は自分のバッグから低周波を感じた。吊り革から手を離しスマホを取り出す。心を揺さぶられる相手だった。唇を噛む。手の中で単調な振動が続く。ディスプレイに表示された名前を見ていると、振動は止まった。スマホをバッグに戻し吊り革を掴む。

敷絵駅で降りて改札口を通る。背中がむずむずと落ち着かないが、早苗はいつもと変わらないストロークで歩いた。早苗のスマホが再び鳴ったのは、自宅アパートに帰ってからだった。今度は二回の呼び出し音で電話に出た。

「はい。永井です。ごめんなさい。電話もらっていたみたいだったのに」

『いや、それはいいんだけど、今いいかな？』

「ええ、ちょうど家に帰ったところだから」

『実は、今日も刑事が来たんだ。僕はしっかり警察に疑われているみたいなんだ。十月六日のことを根掘り葉掘り』

「下山田くん、この前、アリバイがあるって」

『そうなんだ。完璧なアリバイがあるのに、なんで警察は、くそっ』

　早苗は酷く苛立つ英明の声を聞いた。初めてこんな声を聞いたような気がする。

「大丈夫よ。下山田くんも言ってたじゃない。警察は馬鹿じゃないって」

『いいや。あいつら馬鹿かもしれない……。それで、悪いんだけど、早苗、また付き合ってくれないかな。こうなったら、自分で犯人を捕まえて、身の潔白を証明したいんだ』

　スマホを耳に当てながら、早苗はデジャヴュのような感覚に落ちていた。

　二日前、早苗が英明に、犯人を捜すつもりか訊いた時、英明は、犯人を捕まえたいなんて言わなかった。それは警察の仕事だと英明は言った。早苗ははっきり覚えている。それなのに、いつか英明が犯人を捕まえたいと言い出すことを、早苗はあの時から知っていたように思う。だから最初の電話は取らなかったのに……。

『早苗、聞いている？』

「あっ、ごめん」

『どうかな、迷惑かな？』

「ううん、迷惑じゃないわ。あたしも犯人を捜したい」

早苗は自分の言葉に驚いた。何か見えない力で言わされている。そんな感じがした。

『明日、土曜日、空いている？』

ずいぶん急だ。二日前に別れたばかり。間を置かず頻繁に会うことに不安を感じる。自分は脆いガラス細工を自分で壊そうとしている……。しかし早苗は自分が断れないことも知っていた。三回目も英明は落ち合う場所と時間をすぐに言ってきた。陽菜が誘拐される前に立ち寄ったとされるネットカフェがある松棒市の駅前。

『解るかな？　ゆるキャラのモニュメントがあるんだけど』

「そう。それなら解ると思うわ」

その言葉も見えない力で言わされていた。

＊

早苗は約束の時刻より二十分も早く着いてしまった。緑の巨大なジェリービーンズは、青虫のモンスターにしか見えない。その両サイドには、メルヘンチックなベンチがあった。一方には、ベンチが気の毒になるほど冴えない感じの男の人。グタッとだらしなく座っている。ベンチのもう一方は空いていたが、早苗はそこに座らず、待ち合わせ場所を離れて、改札口が見える場所で立っていた。待っていると、英明が出てくるのが見えた。約束の時間より十分くらい早い。歩いて近づいてくる。途中で目が合い英明は駆け足になった。

「早かったんだね。待った？」

「ううん、さっき来たばかり」

「向井はこの駅で降りて、サフランドというネットカフェに入ったんだ」

英明はくるりと向きを変えて歩き出した。賑やかな通りに入って前方を指さす。早苗は赤と黄色の派手な看板を見た。下山田はネットカフェに向かって歩き出した。

「下山田くん、以前、調べたんでしょう。神宮寺って男はあのネットカフェで向井に目をつけた。それだけ解っていれば、今更調べることなんてないんじゃないの」

「うん、そうだな」

英明はあっさりとネットカフェを通り過ぎた。他にも行く当てがあるようだ。賑やかなのは駅前の周辺だけだった。歩いていくと次第に人通りが少なくなった。

「向井が埋められていたのはこの先なんだ。あのコンビニで話を聞こう。陽菜の最後の姿が防犯カメラに写っていたんじゃないかな。確か夜の九時三十五分頃」

早苗は事件の後、新聞やテレビのニュースを気にしていた。でも、目撃された場所や時間までは報道されていなかったように思う。素人探偵にしては、英明は事件に関してあまりにも詳しすぎるのではないだろうか。

「下山田くん、どうして知っているの？」

「どうしてって、テレビのニュースで……。ああ、いや、ニュースじゃなかったな。刑事にいろいろ調べられた時、刑事から聞いたんだ。僕の反応を見る為に、いろんな情報を敢えて教えてきたんじゃないかな」

早苗は大学に来た刑事の顔を思い出していた。早苗が陽菜と別れた後、陽菜のケータイの電波が途絶えたことを刑事は教えてくれた。警察の事情聴取では、相手に情報を小出しして、重要な情報を聞きだすのかもしれない。早苗がそんな風に考えていると、英明は店の中に入った。レジに並ぶ客が途絶えたのを見計らって、英明は店の人に声を掛けた。

「ちょっと話を聞かせてもらってもいいですか？」

「はい、何でしょうか？」

「この高校生のことなんですが」

英明は写真を見せた。店の人はそれをチラリと見るなり、

「ああ、女子高生誘拐事件の。何度も警察の人が来ているからね。その子がうちの防犯カメラに映っていたってことで」

「防犯カメラの映像、僕たちにも見せてもらえませんか？」

「それは無理。証拠だからって警察に没収された」

客ではないことが解ったからか、言い方が雑になった。

「じゃあ。女の子のことで何か気づいたこと、ないですか。何でもいいんですが」

「特にはないねぇ。このコンビニを受取スポットにして配送されてきたキャリーケースを受け取っただけで」

「えっ、ここでキャリーケースを受け取ったんですか？」

「そうだよ。あの子、うちでは買い物もしてくれなかった」

英明はその店を出てから、早苗に訊いた。

「向井は自分でキャリーケースを運んだんじゃなかったんだ。早苗、何か聞いてないか」

「いいえ、でも……。私と一緒に駅に行かなかったのは、キャリーケースを宅配便で送るためだったのね」

「どうしてだろう？」

「解らないわ」

それから十五分余り歩くと、前方に雑木林が見えた。

「もしかして向井が埋められていた場所？」

「そうだ。でも、それだけじゃない」

英明は立ち止まって、周囲を見回した。車道を挟んで、雑木林の反対側は田んぼだった。

「向井はこの辺りで拉致されたらしいんだ。刑事が言っていた。拉致された場所のすぐ傍の雑木林に埋められていたって」

早苗は雑木林の方を見た。「立入禁止」と「KEEP OUT」が繰り返された黄色いテープが張り巡らされている。ところどころ破けて、ここが日常とは決定的に区別される空間であることを不作法に告げている。その奥は木々の葉がうっそうとしている。死んだ陽菜の霊がじっと潜んでいるようだ。

「この辺り、夜はもっと寂しいでしょうね。女の子を拉致するには最適な場所だわ」

「そうだな」

英明は大股で雑木林の中に入っていく。

「立入禁止ってあるのに」

「うん、でも、警察はいない」

早苗は道に立って、英明が入っていく後姿をぼんやりと眺めていた。数分後、英明は出てきた。

「何か解ったの?」

英明は首を横に振った。

「向井はこの辺りを歩いている時に襲われたらしいんだが、いったい何処に行こうとしていたのか? 早苗、心当たりはない?」

「どうしてよっ。あたしが知るわけ、ないじゃないっ!」

早苗は思わずヒステリックに声を荒げてしまった。

「ごっ、ごめん……。ただ僕は、向井がこの辺りに知り合いがいるようなこと、早苗に言ってなかったかと思って」

早苗は自分が神経過敏になっていたことに気づき、泣きたくなった。

「ごめんなさい……。あたしが何か知っているように聞こえたから」

「そうか。向井はこの先に住む誰かの家に泊めてもらおうと考えていたんじゃないかと思うんだ。あいつ、君には家に帰ると言っておきながら、君のアパートと同じように頼っていく当てがあったんじゃないだろうか?」

「警察が把握していない、その誰かが事件に関与しているって、下山田くんはそう推理しているのね」

「推理なんて言えるものじゃないけど……。向井はネットカフェで一泊するつもりだったと思うんだ。それなのに急に店を出た。夜にも拘らず」

「誰かにその店を出るように言われたのかしら？」

「もしかすると、この先の家に住む誰かが泊めてくれることになったのかも」

　二人が更に道を歩いていくと、ぽつぽつと一戸建ての家が見えてきた。英明が一軒の家に近づくと、庭からワンワンと威勢よく吠える犬の鳴き声が聞こえた。英明が玄関チャイムを押すと、その家から女性が出てきた。

「ハク、こら、静かにしなさい」

　婦人が犬を叱ると、犬は吠えるのをやめた。

「ごめんなさいね」

「いいえ。あのぉ、少しお話を聞かせてもらってもいいですか？」

「ええ、何でしょう」

「すみません、この女の子なんですが、ご存じありませんか？」

　英明は陽菜の写真を出した。婦人は怪訝な顔を見せた。突然、素性の解らない男からの質問なので当然だ。英明はそんなことを気にする風もなく、手に持った写真を突き出した。

「この近くで、死体で発見された高校生なんですが」

「ああ、この子ね。私もテレビのニュースで見ましたよ。可哀想にねぇ。でも、あなたたち、どうして？」

「僕たち、この子の友達なんです。向井さんは自分の意思でこの近くに来たようで。もしかすると、こちらに知り合いがいるんじゃないかと思いまして」

「まあ、そうなの？　私はこの子のことは全然知らないんだけどね。ちょっと待ってて」

女性は掌を見せてから、「篤さん、篤さん」と言って家の奥に入っていく。

「洋子、騒がしいぞっ」

家の奥から男の声が聞こえた。二人が玄関で待っていると、男が出てきた。

「あの埋められていた女の子のお友達だって」

男は温和な顔で早苗と英明を交互に見た。英明はペコリと頭を下げた。

「はい、僕たち、彼女がこの町に来た理由が知りたいと思いまして」

「ああそうかい。実は儂があの子の死体を発見して警察に通報したんだよ。いや、正確に言うと、発見したのは儂じゃなくてハクなんだけど」

男は犬小屋に繋いであった豆柴を見た。

「あなたが……。そうですか」

偶然、第一発見者に会えるという思いがけない幸運に英明は目を輝かせて、ぐっと男の前に迫った。男はちょっと身体を反らした。

「ああ、すみません。女の子は向井陽菜。上條高校の生徒で吹奏楽部でした。部活とかで、もしかしたら、こっちの学校の生徒と交流があったかもと思ったんですが」

　男は首を横に振った。

「今じゃあ、この辺りは年寄りばっかりでね。高校生がいるような家はないんですよ」

「そうですか……。あのぉ、もし良かったら、発見時の様子を教えてもらえませんか？」

「うむ、そりゃあ、かまわんがね」

　英明が男に名前を尋ねると、男は平野篤と名乗った。彼は日課にしていた朝の散歩の途中で愛犬が雑木林に向かって激しく吠えたところから話しはじめた。目撃者の証言だけあってリアルな話だったが、ニュース報道で既に早苗が知っていることが多く、新しい手掛りになるような話は聞けなかった。それは英明も同じようだったが、英明は男に礼を言って別れた。その後も、数件の家を歩いて回ったが、目ぼしい情報は何も掴めなかった。

「ちょっと待って、足が」

　早苗はベンチを探したが、見つからなかった。道の端に大きな石があったので、そこに腰を下ろした。左のパンプスを脱ぐと、足の後ろが擦れて皮が捲れそうになっていた。

「ああ、ごめん。悪かったね。ずっと歩かせて」

「ううん、大丈夫」

　早苗はポケットティッシュを取り出して、足とパンプスの間に挟んだ。

「もう帰ろうか。僕も疲れたし」

　英明はスマホを出してタクシーを呼んだが、タクシーが見えたのは十五分以上経ってからだった。遠くまで来たように思ったが、タクシーに乗ると、走り出してから十分も経たないうちに駅舎の屋根が見えてきた。

「ああ、この先で降ろして下さい」

英明は駅より少し手前の道でタクシーを止めた。

「悪いけど、もう一度ここに寄りたいんだ。無駄かもしれないが、念の為に」

英明が手で示したのは、ネットカフェ・サフランドの看板だった。英明は店のドアを開けた。早苗は英明の後ろに隠れるようにして中に入った。英明が店員に写真を見せて、陽菜について訊いた。

「ああ、また、あんたかよ?」

店員は英明の顔を覚えていたようだ。

「この子、向井陽菜さんは殺されていました」

「そうらしいね。テレビのニュースで聞いたよ。埋められていたんだって」

「それで、もう一度詳しく教えて欲しいんですが」

英明が前のめりになったので、店員は身体を反らした。

「もう一度って、この前言ったとおりだよ」

店員はチラチラと早苗を見ていた。早苗は店員の名札を読んだ。太田と書いてあった。

「彼女は一人で店に入ってきたんですよね。どんな様子でしたか?」

「あんた。あの子の知り合いだって言ってたけど、深い仲だったんでしょう?」

「それは……。そんなことより殺された神宮寺もこのネットカフェに来ていたんですよね。二人は何か話していませんでした？　面識があるような様子はなかったですか？」

「さぁ、どうだろう。解らないな」

　太田は面倒臭そうに横を向いた。

「向井さんは最初、ここに泊まろうと思っていたのかもしれないんです。でも予定を変更して店を出た。そう考えられる節もあるんです。どうでしょう。急に彼女がこの店を出る理由に心当たりはないですか？」

「さあ。そんなにジロジロ見ていたわけじゃないし……。いいねぇ、かわい子ちゃんといちゃいちゃして」

　早苗は自分の身体が太田の視線で舐め回されるように感じた。

「誤解しないでください。この人も殺された向井さんの友達で、一緒に事件のことを調べているんです」

　太田は早苗の顔を見てニヤリと笑った。

「ねえ、カノジョ、何ていう名前？」

「おい。変な目で見るなよ」

「そうか、テレビで言ってた郷木市内で別れた女友達って、あんただったんだな」

「真面目に答えてくれませんか」

「なんだよぉ、解らないって何度も言っているだろう。おまえ、刑事よりしつこいな」

太田は声を荒げて英明を睨みつけた。早苗は怖くなったが、英明は怯《ひる》まなかった。頼もしいなんて思えない。早くここから出たかった。

「あなた、殺人犯を見ていたんですよ。少しくらい責任を感じないのか」

「ひどい言いがかりだ。おまえ、何様なんだよ」

太田も大きな声で言い返したが、すぐに視線を早苗の方に変える。

「それより、カノジョ、名前を教えてくれよ」

「ふざけるな。おまえ、何言ってるんだ！」

「うるせー。出てけ。二度と来んな」

二人の言い争いは店の中にいた全員が驚くくらいだった。英明は早苗の手を引いて出口に向かった。

「ごめん。怖い思いをさせて」

外に出るなり、すぐに英明は謝った。早苗には太田に対する恐怖もあったが、英明の激高する性格にも驚いていた。所詮、素人探偵に事件を探るなんて、荷が重すぎたのだ。
＊

日曜日、授業はないが早苗は電車に乗って大学に行った。古い体育館の倉庫は鍵が掛かっていない。新しい体育館ができてから、ここは大学のサークル活動の練習場になっている。

今司玉美《いまつかさたまみ》が一人でいた。

「まあ、早苗、珍しいわね」

「うん、ちょっと練習しようかなと思って」

　早苗は、手に提げていた黒いケースを上げて見せた。

「オーリュニーディーズ・プラクティス」

　玉美はサークルの中ではエース的存在である。トランペットの腕前はサークルで一番。大学の吹奏楽部から、是非にと勧誘がかかっているが、彼女は断り続けている。

『オール・ユー・ニード・イズ』それが玉美の口癖だった。

　もっともその時々で、イズの次には様々な言葉が入る。早苗はケースを開けてクラリネットを組み立て始めた。アパートでも練習が出来るようにとクラリネット用のミュートを買ったが、ミュートを使うと音が変わってしまうので、結局あまり使わなくなった。

　クラリネットを完成させると、突然タンギングの破裂音が響いた。音の粒が弾けては消えて、めちゃくちゃに吹いているようだ。それがいつの間にか、トランペットの名曲「ソー・ホワット」になっていた。玉美はマイルス・デイヴィスに心酔している。メロディは目まぐるしく変化して、早苗の知らない世界に連れていく。再び聴き覚えのある旋律が早苗を捉えた。それは「ストロベリー・フィールズ・フォーエヴァー」だった。心に染み入るスローナンバーは途中から疾走するハーレーダビッドソンを思わす爆音に変わった。

　他人の練習の邪魔になるなんて少しも考えないのが玉美らしい。早苗も自分勝手に練習を始めた。英明があの演奏を覚えていたのが嬉しかった。ガーシュウィンは本当に久しぶりに吹く。下手なグリッサンドも恥ずかしくない。そう思っていたら自分の音とは違う音が重なってきた。クラリネットとトランペットのユニゾン。早苗は自分の腕前も上手くなったように感じながら演奏を続けた。

早苗は演奏しながら思い出していた。自分のアパートに突然陽菜が現れた。それから思いもしなかった誘拐事件。誘拐犯と思われた男の刺殺。更に失踪したと思われた陽菜が雑木林に埋められた状態で発見された。次々と起こった恐ろしい事件。記憶から消し去ったはずの英明との再会。陽菜の事件の前だったら、単純に喜んだかもしれないが……。英明と一緒に探偵をすることは早苗の精神を擦り減らす。

だけど、こうして音楽をやっていると、そんなモヤモヤが吹き飛んでいくようだった。音楽は凄い力を持っている。音楽の意味を早苗は全身で感じていた。二人だけのジャムセッションは一時間余り続いていたが、突然トランペットの音が消えた。

「ああ、もうこんな時間だ」

玉美はトランペットからマウスピースを外し、パイプ内の水分を抜き始めた。

「今からどっかに行くの？」

「えへへ、そうよ。これから、水沢レインを観にいくの」

「水沢レインって？」

玉美はチケットをヒラヒラさせてから、スマホで水沢レインの写真を見せてくれた。テレビにも出ている俳優で、今日の夜から舞台公演があるらしい。

「へえ、玉美、メンクイなんだ……。今日はありがとう。楽しかった」

「うん、あたしも」

　玉美はトランペットをケースに入れると、手を振って練習場を後にした。玉美が帰ってから暫く一人で練習を続けた。玉美のトランペットが重ならないクラリネットの音は、音楽の純粋さを曇らせていく。それでも早苗は、今日ここに来た成果だけは感じていた。

　これならクラリネットを聴かせてと言われても、恥ずかしくない。

## 2　伊藤進

　捜査本部に新しい情報が入ってきた。それは向井陽菜の死体発見現場の地域を管轄する所轄の刑事から報告された。神宮寺彰兵が死体を雑木林に埋めたことを裏付ける有力な根拠となる事実だった。十月六日の午前四時三十三分と午前五時五十一分の二回、神宮寺の車が雑木林の近くを走っていたことを交通モニタリングシステムが捉えていた。

　捜査の指揮をする琴原管理官はこれまでの状況を総括した。

「水道メーターの記録によって、神宮寺の死亡時刻は十月六日の午前六時以前に限定された。そして今、交通モニタリングシステムによって、午前五時五十一分には神宮寺が生きていることが確認された。つまり神宮寺はアパートに戻った直後に殺されたというわけだ。その線で関係者のアリバイを徹底的に洗うように」

　神宮寺の死亡推定時刻はピンポイントと言えるほどに狭められた。地道な捜査によって、事件の状況がかなり明らかになってきた。しかし伊藤には違和感があった。向井陽菜の死が引っかかっていた。向井陽菜を殺した犯人は神宮寺だったとは断定されていない。それにも拘わらず、向井陽菜の死亡が神宮寺彰兵よりも前だったとの鑑定結果が出て以降、向井陽菜に関する捜査はおざなりにされ、実質的に全捜査員が神宮寺彰兵を殺した犯人の捜査に回る恰好になった。限られた捜査員で最も効率よく捜査がなされたと言えるだろう。その結果、神宮寺に対しては様々な情報が集まった。

捜査会議を終えた伊藤は高塩に漏らした。

「本当に陽菜の死体を遺棄したのは神宮寺なんだろうか」

「神宮寺じゃなかったら、一体誰なんです？」

「裏を取るぞ」

伊藤は高塩を急かした。交通モニタリングシステムは地元のケーブルテレビ局が自治体の補助を受けて設置した設備だった。交通量を測定することで渋滞の解消に繋がる施策を検討できるらしい。高塩が運転する車は交通渋滞には縁のなさそうな田舎道を走った。こんな道で交通量の測定など全く必要ないと思われるが、自治体がやることは理解不能だ。車窓を眺めながら伊藤はそんな思いを持った。

ケーブルテレビ局の事務室に入ると、すぐに問題の映像を確認する。

「これが前に来た刑事さんに見せた映像です」

「やっぱりな。予想どおりだ」

伊藤は琴原管理官が結論を急ぎ過ぎていたことを確信した。交通モニタリングシステムのカメラは広範囲を撮影するカメラで、車のナンバーは辛うじて判別できるものの、運転者の顔までは解らなかった。神宮寺の車で向井陽菜の死体が運ばれていたとしても、その運転者が神宮寺である証拠にはならない。高塩が画面を指差して言った。

「あれっ、この車、変ですよ。遅すぎます」

確かに車はスロー再生のようにノロノロ運転に見える。

「こんな速度で走っていたら、とてもじゃないが、ここから九分じゃあ、アパートに帰れません」

高塩の言うとおりなら、午前六時前に神宮寺が殺されることは不可能になる。つまり、陽菜の死体を神宮寺の車で運んだ男は神宮寺以外の誰かということになる。仮にこの男をXとすれば、Xが陽菜を殺したという可能性も出てくる。

＊

伊藤と高塩は捜査本部に戻って、琴原に状況を説明した。

「何だって。所轄の報告は間違っていたってことか?」

「いえ、間違いとまでは言えません。ナンバーから確かに神宮寺が所有するトヨタ・ルーミーでした。しかし運転者が神宮寺だとは確認できなかったんです」

琴原は黙って考えているようだ。顔が確認できないからといって、神宮寺でない証拠にはならない。車のノロノロ運転にしても、たまたまカメラの前を通過するときに速度を落としただけで、それからスピードを上げたのかもしれない。そうすれば、ギリギリ午前六時には間に合う計算になるという。客観的に考えて、運転者が神宮寺ではないという可能性は低い。そんな低い可能性の為に捜査方針を変えるべきか。管理官としての立場は？　そんな思いが琴原の頭をよぎっている。伊藤は勝手にそんな想像をしていたが、最終的に琴原は賢明な判断を下した。伊藤の報告を黙殺するのではなく、功労を讃えたのだ。

「流石ですね。伊藤さん」

伊藤はこそばゆかった。琴原は伊藤を持ち上げると、捜査方針を変更した。

神宮寺の車を運転していた人間が神宮寺ではなく、全く別のXだったと仮定して、Xは陽菜誘拐の共犯だった可能性もある。すると、午前三時過ぎに掛かってきたという脅迫電話はXが掛けてきたのかもしれない。神宮寺はXによって午前三時以前に殺されていたという可能性もある。神宮寺の死亡時刻の範囲はずっと広くなってしまう。捜査員は表だって不満を漏らしたりしない。プロ意識があるからだ。しかし捜査の範囲を広げた伊藤に対する視線は冷たくなった。

Xが陽菜を殺したのか、神宮寺を殺したのか、それとも、Xは殺人には無関係で死体遺棄だけの役回りだったのか。それらは全く不明だったが、神宮寺と何の繋がりもない人間とは考え難い。琴原管理官は、このXになり得る人間を発見すべく、多くの捜査員を神宮寺の人間関係調査に割り当てた。

＊

大学卒業後、転職を繰り返していた神宮寺彰兵に親しい友人はいないようだった。当然ながら、大学時代の友人も調べられたが、殆どの人間が神宮寺を覚えていなかった。神宮寺の最後の職場となったホームセンターでも、彼は社交的とは対極に位置する人間だった。それでも、プライベートな人間関係が全く見つからないことで、仕事の関係者が重点的に調べられることになった。神宮寺が勤めるホームセンターは食料品も扱っていたのだが、店に商品を納入している食品会社の営業社員に、神宮寺より五歳若い小森裕子がいた。

神宮寺は店に裕子が来る度に、プライベートのケータイ番号を教えて欲しいと言ったり、食事の誘いをしたり、積極的に彼女をくどいていた。その都度、彼女は笑って、やんわりと断っていた。営業という立場から、あからさまに怒ることは出来なかったのだ。

神宮寺は自分が嫌われていることも知らずに、裕子へのアプローチをエスカレートさせていった。肩にふれたり、髪をさわったり。それはセクシャルハラスメントに近くなっていった。裕子は業を煮やして、ホームセンターの店長に状況を訴えた。

「アルバイトの分際で、いい加減にしろ。今後、また取引先の社員に迷惑を掛けるようだと、辞めてもらうからな」

店長の黒川は神宮寺を厳しく叱責した。それが十月五日の昼のことだった。

捜査会議の場で、田辺刑事は手帳を見ながら淡々と捜査結果を説明していたが、

「その日の夜、神宮寺は向井陽菜を誘拐するわけですが、店長に叱責されたことで、彼がむしゃくしゃした気持ちになっていたことは想像に難くありません」

「くそっ、不幸な巡り合わせだ」

「仕事関係者の中で、神宮寺の住所を知っているのは、黒川と小森の二人だけでした。黒川は神宮寺の採用時に履歴書を見ていたからであり、小森裕子は聞いていないのに神宮寺が勝手に教えてくれたって言っていました」

田辺の報告から、黒川も小森も神宮寺とトラブルがあったことは解った。仮にトラブルから恨みを持つ者がいるとすれば、逆恨みであるが、それは神宮寺の方である。黒川と裕子にとって、この程度のトラブルが殺人の動機に繋がるとは考え難かった。

＊

伊藤の相棒となった若い高塩は陽菜の元カレである下山田に拘っていた。かなりバイアスが掛かっている。伊藤はそう思いながらも高塩と共に下山田の周辺を探っていった。下山田と神宮寺との間には一向に接点が見つからなかった。ただ下山田に関して、彼が相当のプレイボーイだと証言する人間には事欠かなかった。下山田の口から、大学に入学早々高校時代に交際していた向井陽菜とは別れた、と聞いていたが、それは事実のようである。昨年の六月頃から、下山田と髪の長い女性とが仲良く街を歩く姿が、下山田を知る学生に頻繁に目撃されていた。その女性は下山田と同じ大学の文学部に通う柴田亜紀という二年生だった。下山田は大学に入学してから幾つかの部活動やサークルを見学した。同時期に同じ部活動を見学していた亜紀と親しくなったらしい。その後、亜紀はテニス部に入ったが、下山田は入っていない。

伊藤と高塩は、テニスコートの近くで柴田亜紀と会う約束をとった。グリーンのテニスコートに黄色いボールが跳ねて、乾いた音が若いリズムを奏でていた。亜紀のことを最初に聞いた学生から、髪の長い女性と聞いていたが、刑事の前に現れた女性はショートヘアだった。伊藤は先に軽く頭を下げて、警察手帳を見せた。本当に警察官だということを示して、相手を安心させる為であるが、相手は殆ど例外なく安心と緊張を同居させる。

「芝井さんは下山田さんと親しくされていますね」

「いいえ」

　少し棘を感じる言い方だった。

「親しくされていたと聞いたんですが？」

「それは昔のことです。今は付き合っていません」

「そうですか。女子高生が誘拐され死体で発見された事件、ご存じでしょう？」

「ええ、でも、どうして？」

「実は、被害者の女子高生は下山田英明さんと交際されていまして、その関係で下山田さんについても、一応確認しておかないといけないんです」

「まさか、下山田くんが疑われているんですか？」

「いえ、念の為、念の為の確認なんです」

「そうなんですね」

　亜紀は幾分安堵した表情に変わり、それからの事情聴取には協力的だった。亜紀は確かに一時期ガールフレンドだったことは認めたが、既に別れており、下山田のことは思い出したくもない、と言った。

「本当に、別れられて良かったって思います。ほんと、良かった」

自然に緩んだ唇の隙間から漏れる息には、彼女の実感がこもっていた。

「それは、あなたは早く別れたかったが、中々別れられなかった。そういうことですか？」

「ええ、そうです」

「もし、差し支えなければ、別れられた理由を教えてもらえませんか？」

亜紀は躊躇いの表情を見せてから唇を開いた。

「あいつに……、新しいガールフレンドができたから。それだけです」

「ほう、その新しいガールフレンドって、誰でしょうか？」

「あたしが言ったって言わないでもらえますか？」

「はい、それは勿論」

「あたし以外にも知っている人はいるし、別に秘密じゃないから」

亜紀は自分自身を納得させるように、そんな前置きを言ってから、

「水原朋子って人です。でも、彼女も今はもう別れているんじゃないかしら」

亜紀は自分の後釜になったガールフレンドの名前をあっさりと明かした。亜紀の事情聴取を終えた後、二人の刑事は他の学生にも聞き込みをした。下山田英明は柴田亜紀とは、あけっぴろげな交際をしていたらしいが、水原朋子とは、それほどでもなかったようであり、

朋子のことを知る学生は現れなかった。高塩が伊藤に訊いてきた。

「本当にガールフレンドでしょうかね？」

「直接、本人から聞いてみるさ」

　下山田英明と水原朋子が実際に交際していたのなら、隠す理由があったのかもしれない。伊藤はそう考えていた。水原朋子とも大学の構内で、直接話を聞くことができた。朋子の証言は、亜紀の証言のリプレイを聞いているようだった。

「一時期は付き合っていましたが、夏には別れました」

「下山田英明さんは異性に相当もてるようだから、また新しいガールフレンドができたんでしょうか？」

「多分そうでしょう」

「相手の名前なんか、ご存じないでしょうか？」

「いいえ、知りません。知りたくもないですし」

　それ以上、朋子は何も話すことなく帰っていった。朋子も下山田に対して良い印象を持っていない点は亜紀と同じだった。亜紀と朋子の証言から、下山田が相当のプレイボーイだというウラは取れた。しかしながら、それが事件解決の手掛りになる情報なのかは、今のところ不明である。

　その後、下山田に直接会って、柴田亜紀と水原朋子について訊くことにした。幸運にも、下山田も大学にいた。工学部の学生は必修科目が多い。刑事にとっては好都合だった。下山田は二人の女子学生と交際していたことを否定しなかった。

「でも、誤解しないでください。付き合っていた時期は違いますから」

「そのようですね。水原朋子さんとは今年の夏には別れたと伺っています。その後は？」

「それは……、今は永井早苗さんと」

「おや、永井さんとは最近でしょう。永井さんの前は？」

「そんなこと、今回の事件に関係ないでしょう」

「どうでしょう。関係あるかどうか、こちらで調べさせてもらいます」

伊藤は敢えて挑戦的に言ってから下山田と別れた。高塩は怒っていた。

「とんでもない奴だ。本当に」

「新しいカノジョが出来たら、前のカノジョと別れているんだ。二股じゃないってことだろ。それなら、感心な青年なんじゃないか？」

伊藤はニヤニヤしながら言った。

「何てことを。ダブっていた期間はあったのかもしれませんよ。いや、そんなことよりガールフレンドをまるでアクセサリーのように取っ替え引っ替えするなんて」

「まあ確かに色男だからな。そう言えば、今のおまえさんみたいに下山田を罵っていた学生がいたな」

「そうですね。あまりぱっとしない感じの学生でしたね。下山田のガールフレンドの中に、あの学生が好意を抱いていた女の子がいたのかもしれません」

高塩は忌々しそうに息を吐いた。

＊

捜査本部に戻った二人は、他の刑事たちが集めた調査資料を読み返していた。

「下山田をこれだけ調べても、事件前に神宮寺と接触していたような証言も証拠も出ないってことは、奴は無関係ってことかな」

伊藤の隣で、高塩はパソコンに向かって、カタカタとキーボードを叩いていたが、

「おそらく面識はないんでしょうね。でも、だからといって事件に無関係とは決められませんよ」

「どういうことだ？」

「これです」

高塩はディスプレイを手で動かし、伊藤の方に向けた。黒い画面におどろおどろしい赤い文字が並んでいる。伊藤はそれを読んだ。

「なに……、『悪い奴にはお仕置きだ』。何だこれ？」

「闇サイトですよ。サイバー犯罪対策課が取り締まっていますが切りがない。こんなのがすぐに出てくるんです」

「そう言えば、闇サイトで知り合った人間からターゲットを聞き出して、強盗殺人が起きたという事件があったな」

それは管轄外で起きた事件だったが、今後の犯罪捜査において参考にすべき事案として、

全国の警察本部に通達がなされた。高塩が言いたいことは伊藤にも解った。実際に神宮寺とは面識がない人間がSNSなどの通信ネットワークの中で、ハンドルネームを使ってコミュニケーションをとっていた可能性だ。個人のスマホやパソコンなら、履歴から足がつくが、ネットカフェのように不特定多数の人間が利用するパソコンを経由していたら、突き止めることは極めて困難だ。

「全く嫌な世の中になったもんだぜ」

「向井陽菜が最後に立ち寄ったネットカフェ、もう一度当たってみませんか」

「そうだ。今すぐ行こう」

伊藤はすぐに同意すると、高塩を急かした。

## 3　太田直《なお》

ネットカフェ・サフランドに勤める太田は、ある街でターゲットを見つけた。後ろに近づき、名前を呼んだ。ターゲットは振り向いた。驚いた顔が太田には滑稽だった。

「信じられないって顔だな。驚いたか。俺、月曜は休みなんだ」

ターゲットの顔が引きつったのは一瞬だった。すぐに冷静な顔に戻り、太田を無視して歩き出した。すると、太田はターゲットに駆け寄り、耳元で呟いた。

「あんた、あの誘拐事件に関係があるんだろ」

　ターゲットの歩行は機械仕掛けのように、ビクンと止まった。太田を見て、次に周囲を見回した。雑踏の中、通行人が二人を気にする様子はなかった。

「何のことでしょう？」

　押し殺した声に、太田はニヤリと笑った。

「どういうからくりなのか、教えて欲しいんだけど」

　ターゲットは黙っていたが、太田は話を続けた。

「……そこまではわかっている。でも、どうして、あんたが？」

「後で連絡する。ケータイの番号を教えて欲しい」

　無駄な話は一切なく、ターゲットはノートとペンを取り出して、ペンを太田に向けた。太田はペンをとって、ノートに数字を書き込んだ。

「そっちの番号は？」

　ターゲットは人差し指を立てて、太田の目の前でそれを振った。落ち着き払ったキザな態度だった。太田は気味悪そうに首をすくめた。

「こちらから連絡します。そのかわり……」

　ターゲットは冷たい目で太田を睨んだ。

「ああ、わかっている。警察に言うほどヤボじゃない」

　ターゲットは当然だというように頷いた。警察に通報するつもりがないことを見透かされているようだった。

「そうだ。あなた、女は好きですか？」

ターゲットは冷めた声で言った。太田は下卑た目つきになった。本当の悪人は見せないであろう顔。

「大好物だ」

「そうだと思いました。悪いようにはしません。女を連れていきます」

ターゲットは太田に小さく頭を下げると、さっと向きを変えて歩いて行った。太田は舌なめずりをしてその後ろ姿を見送った。

＊

その日の夜、太田のスマホにターゲットからの連絡が入った。

約束の時刻、太田の部屋の玄関チャイムが鳴った。太田はドアを半開きにした。ターゲットは変装していた。太田は用心深いことだと思ったが、自分の身を心配することはなかった。ターゲットのことを正しく理解していなかった。

「金は？」

「用意しています」

「女は？」

「用意しています」

太田はターゲットの後ろを覗き込んだ。しばらくしてニヤリと笑った。

「そういうことか、いいだろう」

太田は満足気に頷いた。

## 4　伊藤進

伊藤は高塩と共にネットカフェ・サフランドに入った。カウンターにいたのは前回話を聞いた太田という店員ではなく、ずっと年配の男だった。警察手帳を出し、陽菜と神宮寺が使っていたパソコンを調べたいと伝えた。

「警察の方ですか。ああ、女子高生誘拐殺人事件の件ですな。太田から警察に事情聴取されたことは聞いていましたが」

「今日、太田さんは？」

「あいつ、勤務態度が悪くて困っていますよ。客とはトラブルを起こすし、今日は無断欠勤。そういうわけで、オーナーの私が急遽カウンターをやっております」

男はカウンターから出てきた。小太りで伊藤より少し背が低い。

「この店のオーナーの方ですか、お名前を伺ってもいいですか？」

「私？　鳥居祐介っていいますが、ああ、ちょっと待って下さい」

鳥居は奥に引っ込むと、若い男と一緒に現れた。その男にカウンター係りをするように指示を出してから、伊藤と高塩に手招きした。

「こっちが事務室ですから」

刑事二人が案内された場所は、事務室と言うには、あまりにも狭いスペースだった。鳥居はパソコンの前に座り、慣れない手つきでキーボードを操作して、首を捻っている。

「ええっと、どれだったかな」

「太田さんからは、以前、向井陽菜は午後六時三分から九時七分までいたって、聞いていたんですがね。太田さんじゃないと解らないんですか？」

「いや、解りますよ。ええっと、その時間帯なら、ああこれだ。客年齢が十三から十九歳になっている。それが七番ボックス、男の方は、ええっと、八番ボックスです。今、七番は人が入っていますが、八番は空いていますよ」

伊藤は八番ボックスのパソコンから調べることにした。二人でボックスに入り、高塩がパソコンを操作する。伊藤は高塩の作業を見守っていたが、少し焦れてきた。

「やっぱり、鑑識を呼んだ方がいいんじゃないか？」

「いえ、大丈夫ですよ。ほら」

高塩はポンとキーボードを叩いた。すると、画面に文字列が流れ始める。どうやら閲覧履歴のアドレスのようだ。それらを高塩が一つずつ呼び出していく。ゲームのサイトと悪戯動画の投稿サイトが出てきた。

「SNSやメールはやっていませんね。急にここでやめている。隣のボックスの陽菜が店を出たから、急いでパソコンを切ったのかもしれません」

「このネットカフェで、連絡を取り合う人間はいなかったってことか」

「そうですね」

　神宮寺が使っていたパソコンの履歴を調べ終わって、刑事が八番ボックスから出たが、七番ボックスはまだ空いていなかった。

「同じような部屋で、空いている所はありますか？」

「ええっと、四番が空いていますね」

「急ぐんです。七番ボックスの客を四番ボックスに変更してもらってください」

　伊藤がそう言うと、鳥居はぎこちなく笑った。嬉しくて笑ったのではない。困った時の笑いだ。こういう笑いは刑事にとってはありがたい。警察の要請だから断れない。そう自覚している人間の笑いだからだ。予想どおり、鳥居は客に頭を下げて、七番ボックスが空けられた。高塩は先ほどと同様にパソコンを操作した。

「向井陽菜が見ていたネットの履歴です。グーグルニュースを見ていますね。あれっ、たったこれだけだ。向井陽菜はネットをする為に店に入ったわけじゃないですね。このパソコンは六時十五分から九時まで電源が入っているんですが、実際にパソコンを使っていたのは最初の十五分だけ。後は何も使っていないんです」

「泊まる予定も無かったんだろう。コンビニの受取スポットでキャリーケースが受け取れる時間が来るのを待つために時間つぶしに入っただけじゃないかな」

「そうですね。でも女子高生がネットカフェに入って、ＳＮＳやメールを一切してないってことが変ですよ。向井陽菜のスマホはずっと電源が切られた状態なんですから」

高塩はそう言ったが、急に、

「あっ、スマホで誰かと連絡をとっていたのかもしれませんよ。陽菜はスマホを二台持っていたんです。だから親に買ってもらったスマホの方は敷絵駅で電源を切ったんです。居場所を知られたくないと思って」

「スマホを二台?」

「駅で誰かが陽菜に与えたのかも」

「うーん。あるかもしれないが、今は確認のしようがない。とりあえず無断欠勤している太田をあたろう。どうも気になるんだ」

伊藤はオーナーの鳥居に太田の住所とケータイの番号を訊いてから、そのネットカフェを出た。

＊

高塩はスマホの地図アプリを見ながら歩いた。

「便利な世の中になったもんだな」

「伊藤さんもスマホに変えたらどうですか?」

「相棒が持っていればいいさ」

「ああ、あそこのアパートですね」

高塩が指を差した先を見ると、そこは二階建てのアパートだった。

「単身者用のアパートみたいだな」

「そうですね。神宮寺のアパートに似ています」

　高塩は何気なく言ったのだろうが、伊藤は嫌な予感がした。厄介なことに、そういう時の予感は、めったなことでは外れてくれない。神宮寺も無断欠勤だった。ネットカフェのオーナーから太田のケータイの番号も聞いていたが、ケータイは繋がらなかった。二人は今回、手袋とシューズカバーも持参している。玄関ドアの前に立ち、もう一度、太田のケータイを呼び出す。ドアに耳を近づけると、部屋で呼び出し音が鳴っていることが解った。手袋を嵌めて玄関チャイムのボタンを押す。

「太田さん」

　ドアを叩いて相手の名前を呼ぶが、中からは何の反応もない。ここまでは神宮寺のアパートと同じである。合鍵もポケットの中にある。伊藤はゆっくりと玄関のドアノブに手を掛ける。ノブを回して引くと、予想に反して、ドアは何の抵抗も示すことなく彼の腕の動きに倣った。狭い沓脱で、二人の刑事は無言で自分の靴にシューズカバーを被せてから、部屋の中に入った。アパートの間取りが似ていることには驚かない。高塩が伊藤の顔を見た。伊藤は黙って頷いた。迷わずに進む。最初に確認する場所は当然決まっていた。

　浴室のドアを開けると、数日前の再現ドラマを見ているようだった。浴槽の中に死体があった。殺害方法は神宮寺の時と同じだった。伊藤はその光景を目に焼き付けてから、自分のガラケーを出して鑑識課の臨場要請を行った。

　部屋に争った様子はなかった。不敵にも殺人犯は警察に挑戦状を叩きつけている。伊藤はそう感じていた。神宮寺の殺害状況について、警察は被害者の自宅での刺殺だったとしか公表していない。詳細な殺害状況は犯人しか知り得ない秘密として留保しておく方針にしたのだ。そのことが今回は裏目に出た形になった。

＊

鑑識の脇山が死体を見るやいなや、伊藤は訊いた。

「概略でいいんだ。死後どのくらい経っている?」

「本当に概略だぞ。死斑《しはん》は殆ど固定しているな。死後硬直は進んでいるが、まだ途中か。死後二十時間は経っていない。まあ、死後十五から十八時間ってとこだろう」

「今は午後三時十分だから、前日の午後九時から十二時ってところか。恩に着る」

伊藤はそう言うと、高塩と一緒にネットカフェに取って返した。オーナーの鳥居は戻って来た刑事を見て、何か不味い物でも食べたように口をもごもごと動かした。

「また、パソコンを止められると、営業に支障が出るんですがね」

「いいえ、その必要はありません。客がいないところで話をしたいんですが」

再び、伊藤と高塩は狭い事務室に入った。

「実は、こちらの太田さんが殺されていました」

「なっ、何ですって。太田が……、本当ですか?」

「残念ながら……。それで確認したいことがあって。さっき我々がこちらに来た時、鳥居さんは太田という店員が客とトラブルがあったようなことを言われていましたよね。具体的には、どんなことがあったんでしょう？」

「普段から素行が悪い奴でしたがね。太田は店に来た客と揉めていたらしくて、『出ていけ、二度と来るな』とか、そんな乱暴な口を叩いていたそうです」

「いたそうですって、鳥居さんは聞かれていないんですね」

「私が店に出ることは殆ど無いですから」

「その揉めていた客って、解りますか？」

　鳥居はカウンターで仕事をさせていた店員を呼んだ。

「はい、太田さんは知らない男と揉めていました。長身で若い男です」

「長身か。この男じゃないかな？」

　伊藤は一枚の写真を見せた。

「そうです。この男です。この人、若い女と一緒でした」

「二人連れだったんですね。もしかすると……」

　伊藤は別の写真を出した。

「はい、そうです。この女の子も一緒でした」

　高塩は腕時計を見てから伊藤に訊いた。

「どうします？」

「今から行けば、何とか報道前に事情聴取できるんじゃないか。やっこさん、どんな反応を示すか。よし、急いでくれ」

伊藤は高塩を急かした。下山田のケータイの番号は解っている。ケータイの電波を拾うことで持ち主の居場所は容易に把握できる。

「ぶっ飛ばしますよ」

高塩はマグネット式の赤色灯をルーフに載せるとアクセルを踏み込んだ。彼の運転は恐ろしく勇ましかった。まるでレーサー並み。伊藤は目を丸くし、シートベルトにしがみついた。何も言葉を発することが出来なかった。映画『タクシー』で、サミー・ナセリが演じた飛ばし屋ドライバーのタクシーに乗った気分だった。

スカイラインは最初、仁邦大学に向かったが、途中から行き先を変えなければならなかった。それでも伊藤の予想よりもずっと早く目的地である下山田のアパートに到着した。下山田は帰宅していた。大学で話を聞くよりも好都合だ。伊藤は単刀直入に切り出した。

「太田さんと揉めていられましたね」

下山田はあからさまに顔を歪める。整った顔で切れ長の目を更に細くされると、なんだが侮蔑の表情にも見えるが、伊藤は気持ちを抑えて問いかける。

「下山田さん」

「はあ？　太田って誰のことですか？」

「ネットカフェ・サフランドの店員といったら、思い出されますか？」

「ああ、あの人ですか」

「三日前、十月十五日の土曜日。店の中で、結構派手な言い争いをしていたそうじゃないか？」

「それがどうかしましたか」

「あのネットカフェに行かれた理由を教えてください」

「自分で調べようと思ったんですよ。犯人を。刑事さんは僕を疑っているようだし。自分の無実は自分で証明しようと」

「ほう。素人探偵ですか？」

「刑事さんにしつこく追い回されるのはこりごりですからね」

「太田さんが犯人だと？」

「いや、そうは思っていません。でも、あの人……、太田っていうんですか。真面目に話を聞いてくれないし、早苗、いや、永井さんにいやらしい目つきをするもんだから。ちょっとカッとしたんです」

「女性の前で、ナイトの役回りをされたわけですか？」

「そんなつもりじゃないですが」

　くだらない話をこれ以上続けていても仕方がない。伊藤は本題に入ることにした。

「店内で二人を見ていた太田さんは、事件のカギに気づいた。だから、あなたは太田さんを殺した。違いますか？」

　下山田は一瞬ポカンとした。演技ならブルーリボン賞ものだ。

「こっ、殺した？　太田って人、殺されたんですか？」

　下山田の表情は拍子抜けした驚きから、不安と恐れを織り交ぜたものに変わった。

「あなたが殺ったんじゃないんですか？」

「馬鹿な。どうして僕が……。罠だ、罠だ。ちがう、ちがう」

下山田は狼狽していた。こんな下山田を見たのは初めてだった。下山田に向井陽菜の死亡を告げたのは伊藤だった。あのときは電話だったので、下山田の顔を見ていない。顔の表情は解らなかったが、少しも狼狽しているようには感じなかった。神宮寺が死亡したときのアリバイを訊いた時でも、下山田は冷静だった。伊藤は下山田の反応にちょっとした違和感を持った。

「前日の午後八時以降、下山田さんは何処で何をされていましたか？」

下山田は伊藤の質問にすぐに答えることはなく呆然としていた。

「下山田さん、前日の午後八時以降なんですが」

「あっ、ああ、そうですか。それが死亡推定時刻なんですね」

「こっちの質問に答えてください」

「それなら、ああ良かった。僕にはまたアリバイがあります」

狼狽していた表情は消えて、下山田は安堵しているように見えた。

「昨日は仁邦大学の友達とショットバーで飲んでいたんです。夜の十一時まで。その後はタクシーで自宅に帰りました」

下山田は完全に落ち着きを取り戻していた。伊藤は下山田と一緒に飲んだという友達三人の名前と連絡先を聞いた。タクシーはどこのタクシー会社か覚えていないそうだが、調べれば解るだろう。

「また何か伺うことがあるかもしれませんが、その時はよろしくお願いしますよ」

伊藤は頭を下げずに首を竦《すく》めるような仕草をした。

「それがないことを願っていますよ」

下山田は目を細めた。それは伊藤には挑戦的に見えた。伊藤は無表情を通して下山田のアパートを後にした。スカイラインの助手席に深く座って腕を組む。

「それにしても、どうして陽菜は松棒市のネットカフェに行ったんだ？　あっ、そうだ。おまえ、あのネットカフェを出る前に何か言ってたよな」

「車をぶっ飛ばす、とかですか？」

「いや、そうじゃない。太田の死体が発見される前に、ネットカフェに行った時のことだ」

「えっ、何か言いました？　僕」

「ああ、何だったかな？　陽菜がネットカフェに行った理由だよ」

高塩は首を捻ったが、思い出せない。高塩が思い出すより先に伊藤が思い出した。

「そうだ。陽菜はスマホを二台持っていたかもしれないってことだ」

「ああ、そうでした。そのスマホで誰かと連絡をとっていたんじゃないかって」

「向井陽菜に二台目のスマホを与えられるとすれば、それは永井早苗だ」

伊藤がそう言うと、高塩は不満そうな顔をしたが、早苗には会って確認しなければならない。キャリーケースの謎もある。

## 5　永井早苗

早苗は大学から帰ると洗面所の鏡に向かった。自分がどんな顔になっているのか、怖かった。二十分ほど前に英明から電話があった。またしても殺人事件の知らせだった。鏡の中には、恐怖も憎悪も醜形もなかった。上唇がもう少しだけ厚ければ、もっと女らしい顔になるのに。そう思うことはあるが、いつもの自分の顔だった。少しだけ胸を撫で下ろす。バシャバシャと冷たい水で顔を洗うと、キッチンに立った。自分で作った夕食を終えてから、冷静にテレビのニュースを見ていた。英明から話を聞いていたので、驚くことはなかった。今回も英明にはアリバイがあって、そのことを刑事に話したと言っていた。早苗はアリバイについて訊いた。前回はスラスラ話してくれた英明だったが、今回は言葉を濁した。そのことが気になって、早苗はテレビに集中できないでいた。テレビの画面に映っている場所は覚えている。三日前に英明と共に行った松棒市だ。レポーターがマイクを持って説明している。

『こちらは、先日発生した女子高生誘拐殺人事件の被害者、向井陽菜さんが十月五日の夜に立ち寄ったとされるネットカフェです。本日、捜査員がここの従業員である太田直《なお》さんから事情を聞こうと、太田さんの自宅を訪問した時に、太田さんの死体が発見されたとのことです。今のところ、警察から公式には発表されておりませんが、太田さんの殺害状況は、誘拐殺人事件の関係者として名前が上がっていた神宮寺彰兵さんの殺害状況と酷似している、との情報も入っております。なお、神宮寺さんも向井さんが来店したのと同時刻にこのネットカフェに来店していました。こういった背景から、警察は同一犯による連続殺人事件の可能性も視野に入れて捜査を進めているものと思われます』

アナウンサーが言った連続殺人事件という言葉が、早苗の頭の中で繰り返されていた。その後、画面は被害者である太田の顔写真に変わったが、それは高校時代の写真のようだ。好色な目つきでジロジロと見られた、あの時の顔とは全く違う印象だった。

＊

翌日、カーテンを開けると、十月とは思えない灰色の雲が空を覆っていた。辛うじて継ぎ目から漏れる光はあったが、覇気は乏しい。朝の支度を終えて、家を出る頃には、雲は朝よりも更に重く厚くなっていた。今にも雨が降り出しそうだ。早苗は折り畳み傘ではなく、長い傘を持って外に出た。その時、太田の顔が脳裏に浮かび、早苗はあわてて首を激しく振った。大学に着いた時、早苗は自分の不吉な予感が当たってしまったことを知った。大学の構内で、以前会った刑事に声を掛けられた。ゴリラとパンサーである。空を覆った雲のように早苗の気持ちも一層重くなる。

「少しお時間、いいですか」

早苗は黙って頷いた。心の準備は前日からできている。

「四日前、松棒市のネットカフェ、サフランドに行かれましたね。下山田英明さんと。そのことで、お話を伺いたいのです」

伊藤刑事の質問は予想どおりだった。早苗はあの時の下山田と店員のやりとりを覚えている限り正直に答えた。

「怖かったですか？」

「えっ？」

「その時の様子を見ていた店員は、連れの女性は怯えて店を出たがっていたようだったと言っていましたが」

「はい、ちょっと怖かったです」

「でも、太田という店員も酷いですね。『出ていけ』なんて、お友達の事件を調べているだけなのに。下山田さん、相当腹を立てていたんじゃありませんか？」

早苗はピンときた。伊藤刑事は私から英明に不利な証言を得ようとしているのだと。

「さあ、店員さんは怒鳴っていましたが、それと比べれば、下山田さんの方はまだ冷静だったと思います。まさか刑事さん、あんな口論くらいで、下山田さんを疑うなんて、ないですよね」

伊藤刑事は急に笑い顔を繕った。しかし元来人相が悪いので余計に不気味だった。

「勿論ですが、まあ、刑事なんて疑うのが仕事みたいなもんで、因果な商売です。ところで、これは関係者には念の為に聞かなければならないんですが、十月十七日の午後八時以降ですが、永井さんはどちらにいらっしゃいましたか？」

「そんな夜中、自宅にいました」

「誰か証人はいらっしゃいますか？」

「いいえ、一人暮らしですから」

「そうですよね」

　刑事は微妙に笑った。英明が言っていた「あいつら、馬鹿かもしれない」という言葉が蘇り、早苗もぎこちない作り笑いを返した。

「ところで、あなたと別れた陽菜さんは松棒市のネットカフェに行っているんですが、このことに何か心当たりはないですか？」

　刑事は馬鹿なんかじゃない。早苗はそう思った。以前、英明に同じ質問をされたことがあったので、動揺することはなかった。

「いいえ。でも、どうして？」

「今のところ、あのネットカフェに行く前に、陽菜さんに会った最後の人があなたですから」

「最後の人が私だなんて、限らないと思います」

「おっしゃるとおり。我々が把握していないだけかもしれません。ところで向井さんが持っていたキャリーケースはまだ見つかってないんですが、中にはどんな物が入っていました？」

　随分と不躾な質問だと思った。反発心から黙っていると、刑事は更に続けた。

「キャリーケースを一度も開けなかったなんてことないでしょう」

「それはそうですが……。ポーチや着替えなんかが入っていたと思います」

「特に変わったものは？」

「気がつきませんでした。じろじろ見てたわけじゃないし」

「そうですか。これが最後の質問ですが、あなたは陽菜さんにスマホかタブレットとかを預けられませんでした？」

刑事はギョロリとした目を向けてきた。

「スマホ？　何のことでしょう」

「いや、あなたじゃなければいいんです」

刑事は言葉を濁した。早苗は少し気になったが、自分から訊くことはやめておいた。伊藤刑事の事情聴取が終わってから、パンサーとあだ名を付けた刑事の声を初めて聞いた。

「あのぉ、永井さん、素人探偵は控えた方がいいと思いますよ。今度はあなた自身が危険な目に遭うかもしれませんから」

若い刑事は伏し目がちに頭を下げると、伊藤刑事と共に去っていった。ほっとして食欲が湧いてきた。今日、早苗は朝食を摂っていなかった。正午には一時間近くあるが、学生食堂に入って定食を完食した。午後の授業を終えてから、まっすぐ帰宅した。

アパートで自炊をしてから、テレビをつけたが、どのチャンネルもつまらない。ニュースは見たくない。早苗はテレビを消して、ＣＤプレイヤーにチャイコフスキーの「くるみ割り人形」を入れる。幻想的な「アラビアの踊り」を聴きながら、机の上に置いていたハガキを手にとった。三日前に届いた葬儀日程の案内である。喪主の名前は向井芳雄。早苗はクローゼットから喪服としても着られるように買っていた黒いスーツを取り出して、壁のフックに掛けた。

＊

翌朝の空は、前日と打って変わって澄み切っていた。不思議なほど雲ひとつもない秋晴れである。早苗はハガキがきてからずっと迷っていたが、その天気に背中を押されるように感じた。それで勇気を出して自宅アパートを出た。

葬儀は陽菜の家が檀家になっている寺で行われた。山門の屋根は切妻造りで、日本瓦のなだらかな湾曲が美しかった。受付を済ませると、陽菜の親戚だろうか、今日の葬儀に関する話が聞こえた。陽菜の葬儀の日程は遺体が両親の許に返される前に決められたようだ。変死ということで、詳細な司法解剖が行われ、遺体の引き渡しは通常よりも遅くなったらしい。警察から遺体引き渡しの予定日が伝えられると、葬式はその二日後の十月二十日に決めたという。部活の後輩の姿も見えたが、早苗は何となく声を掛けそびれていた。遠くの方で、三原信子の顔が見えた。彼女は一瞬だけ驚きの表情を見せたが、すぐに顔の緊張を緩めて、早苗に近づいてきた。

「あたしたち、二人だけみたいね」

早苗と同じ学年で、吹奏楽部に在籍していた生徒のことだ。早苗は周りを見回した。すると、敷地の端に目つきの悪い男の顔が見えた。今日は伊藤刑事一人だった。

「どうしたの？」

信子が訊いてきた。

「いいえ、なんでもないの」

早苗は首を振った。そこに一人の女性が早苗に近づいてきた。

「まあ、永井さん、わざわざすみません。娘がお世話になったって聞いていたのに、お礼の言葉も言えなくて、本当にごめんなさい」

早苗の顔を陽菜の母親は知っていた。多分吹奏楽部の写真で見ていたのだろう。

「いいえ、そんな。謝らないといけないのは私の方です。私が学校を休んでも、おうちに送り届けていれば、こんなことにならなかったと思うと、本当にすみません、すみません」

早苗は頭を下げる度に、目から涙が湧くように溢れ出てきた。早苗の涙声が陽菜の母親に移ってしまった。

「いいえ、そんな。頭を上げて下さい。あの子が悪いんです。家出なんかして。今日は来てくれて、本当にありがとうね」

陽菜の母親は信子にも丁寧に頭を下げてから、他の参列者に挨拶すべく、二人から離れた。その途端に信子は訊いてきた。

「ねぇねぇ、早苗、どういうことなの？」

信子の顔は葬儀に参列する人の顔ではなかった。バーゲンセールで掘り出し物を見つけたように目を輝かせる。早苗は腹立たしさを覚えた。とぼけるつもりはなかったけれど、反射的につっけんどんに訊き返していた。

「なにが？」

「あなた、さっき向井のお母さんに『学校を休んで、おうちに送り届けていれば』って、言ってたじゃない。まさか、向井が郷木市で別れた友人って」

「ええ、そうなの。あたしよ」

「ねっ、詳しく教えて」

信子が発散させる好奇心は年増女の強すぎる香水みたいだ。土足でプライベートな領域に入られた。早苗はそう感じた。いや、自分は神経過敏になっている。早苗はそう思い直した。

「実は向井、家出してから、あたしのアパートに来たの。夜だったから、その日は泊めたんだけど、翌日はあたし学校があって」

「じゃあ、向井ったら、家出してあなたを頼っていったの。まあ、何て図々しい」

信子は声を大きくしたが、すぐに自分が葬儀に相応しくない言葉を発したことに思い至ったようで、慌てて口を押さえた。その後は陽菜を非難するような言葉は慎んでいた。

予定の時刻になり、参列者は本堂に案内された。全員が席に着くと、住職が葬儀についての説明を始めた。住職は焼香の作法と数珠について、くどくどと説明し、どんな宗派であれ、死者を弔う場合には数珠が必要であることを述べた。もし持参されていない方がいれば、寺で用意しているので、それを使うようにと言った。早苗は数珠を持って来ていたが、持って来てよかったという思いよりも、なんて細かいことにこだわる住職なんだろう、と思った。

　早苗は最後列の左側に座ることになったが、一つ前の列の右側に伊藤刑事が座っているのが見えた。刑事は参列者を観察しているようだ。チラチラと見ていると、目が合ってしまった。刑事は回された数珠を恐縮した素振りで手に取っていた。本当に恐縮しているかどうか、それは解らないが。

　本堂内には線香の煙が立ち込めていた。最後列に座った早苗でも、煙が目に沁みた。読経は太く低い声で煙と交わり、目の痛みを心の痛みに変える。早苗の心を平静でいられなくする。後輩の死に対する悲哀なのか。悲哀を感じる為に、ここに来たのか。

　一連の儀式が終わって、故人を偲ぶ集まりが別室で開かれるとのことだった。しかし早苗は辞退することにした。この寺から実家までは徒歩と電車を乗り継ぎして三十分以上掛かるはずだ。それを言い訳にした。

　玄関前で清めの塩を母に振ってもらってから、家の中に入った。夏休みにも帰ってきたから、久しぶりという感じはしない。早苗の母は陽菜のことはまったく知らなかった。誘拐事件の報道の後、陽菜が早苗と同じ吹奏楽部の部員だったことを知ったくらいだ。

　そんな母だが、早苗が部屋に入るなり、野次馬根性丸出しで、いろいろな質問を浴びせてきた。早苗は高校までずっと地元で暮らしてきたが、地元に関する話題が全国ニュースになったという記憶はなかった。そんな田舎だから、女子高生の誘拐殺人事件は、地元の人にとっては最大の関心事になっているのだろう。母に陽菜が自分のアパートに来ていたことを話してしまうと、話が長くなりそうだったし、早苗自身も、陽菜と一緒にいたことを思い出したくなかったので、早苗はその話には触れず、部活で同じ楽器を担当していたことなど、高校時代の差し障りのない話に終始した。時計が午後五時になると早苗は立ちあがった。

「そろそろ帰るわ。電車の時間だし」

「まだいいじゃない。夕飯を食べてからでも。もうすぐ、お父さんも帰ってくるから、高井駅まで車で送ってもらえば」

高井駅というのは特急が停まる駅だ。

「うん、でも明日、朝一で授業があるし」

早苗は喪服を入れたスーツ用のソフトケースを持って実家を出た。

## 6　伊藤進

太田直の死亡推定時刻は死体の発見が極めて早かったこともあり、かなり正確に特定された。鑑定には直腸温降下や死後硬直などの複数の方式が用いられた。それら何れの方式でも判定に差異は出なかった。太田が殺害されたのは、死体が発見された前日の十月十七日、午後十時から十一時という僅か一時間の範囲である。

太田が殺される二日前に、太田と揉めていたとされる下山田英明には、今回もアリバイがあった。伊藤と高塩は、下山田が大学の友達三人と飲んでいたというショットバーに行った。バーテンダーが若い女性中心の所謂ガールズバーだった。睫毛が重そうなバーテンダーは肩を出した服を着ていた。彼女から下山田の話を聞いていて、伊藤は腹が立ってきた。下山田がグループの中心だった。彼は高級なワインを次々注文するという派手な金遣いをしていた。学生の分際で優雅なものだ。伊藤はアルバイトに明け暮れる自分の学生生活を思い出していた。下山田が使ったタクシー会社も調べられた。下山田は深夜の零時少し前に自宅マンションに帰っていた。

永井早苗にはアリバイがなかったが、早苗を被疑者に格上げする材料もなかった。陽菜がスマホを二台持っていたかもしれないというのは、あくまでも可能性に過ぎず、早苗が陽菜を松棒市のネットカフェに誘導したかどうかも解らない。足を棒にして聞き込みを続けた結果がそれである。捜査本部に戻った伊藤は愚痴っぽく言った。

「だめだな。神宮寺や太田を殺した犯人を追っていく限り、俺たちは犯人を逮捕できない。そんな気がする」

「そんな弱気なこと、伊藤さんらしくないですよ」

「いや、弱気で言っているんじゃない。俺たちは間違った捜査方針の下で捜査している。そんな気がするんだ。まず考えなくてはいけないのは最初の事件。これは向井陽菜の誘拐だ。三件の殺人は向井陽菜を起点として動き出したんだ」

伊藤は急に立ち上がって、琴原管理官の席に向かった。

「神宮寺彰兵の殺害には、向井陽菜の殺害が関係していると思います。向井陽菜の人間関係を調べることが神宮寺彰兵殺害の手掛りに繋がると思うんです」

「どうかな。今さら向井陽菜の人間関係を調べても、事件解決のヒントに繋がるとは思えないな。神宮寺が向井陽菜を誘拐したのは、偶然ネットカフェで家出少女を見つけたからでしょう。神宮寺が少女に乱暴しようとした時、相手は抵抗して暴れた。それを抑えようと、神宮寺は少女の首を絞めて殺してしまった。つまり向井陽菜の死は怨恨によるものではなく、劣情を催した男の不埒な犯行。違いますか？」

「そうかも知れません。ですが、神宮寺の周辺で有力な情報が上がっていません。明日は向井陽菜の葬儀が地元であるんです。陽菜に親しかった人が来るでしょう。何か新しい情報が掴めるかも知れません」

琴原は暫く考えていたが、最終的には伊藤の提案を受け入れたのだった。

「但し、聞き込みは伊藤さん一人でお願いします」

「高塩は？」

「彼にはもう少し下山田を追ってもらいます。下山田って青年、決して真面目な学生じゃなさそうですから」

それなら伊藤も異存はなかった。琴原がそういう判断をする背景は十分に解っている。高塩が琴原に下山田犯人説を強く主張していたからだ。

＊

葬儀が行われる寺の境内では、制服姿の群れが他の参列者を圧倒していた。男子生徒の集団は押し黙っていたが、女子生徒の集団では、あちらこちらで啜り泣きが聞こえた。その中でも一際目立って泣いていたのは、伊藤が聞き込みをした守田光希だった。

伊藤は光希に近づいた。光希は真っ赤な目をして、伊藤に頭を下げた。

「刑事さん、犯人を絶対絶対捕まえて」

その顔は以前出会った時の不良少女の顔ではなかった。

本堂での葬儀の後、伊藤は「故人を偲ぶ会」にも顔を出した。参加者の会話に聞き耳をたてていると、自分が場違いな場所にいることを意識する。故人は誘拐されて殺されたのだ。参列者の口が重くなるのは当然のことである。陽菜の父親絡みで義理で顔を出したであろうと思われる人もいるようだ。静かな会は十分も経つと、どんどん人が帰り始めた。若い女性が立ちあがったのを見て、伊藤も立ち上がった。その女の名前は参列者から聞いていた。寺を出ると、伊藤は女に近づいて声を掛けた。

「ちょっとだけ、お話を伺わせてもらってもいいですか？」

いきなり声をかけられた女は伊藤を見返した。伊藤は警察手帳を見せた。

「三原信子さんですね」

「そうですが」

「卒業生で参列されたのは、永井さんと三原さん、お二人だけですね。永井さんは読経の後すぐに帰られたが、あなたは故人を偲ぶ会にも残られた。事件の捜査に協力してもらいたいんです」

信子は小首を傾げたが、あまり可愛くない。

「まあ、いいですが、こんな所じゃあ……。この先に喫茶店があるんです。そこで、いいですか？　捜査に協力するんだから、刑事さんの奢りで」

「はい。勿論」

信子はすぐに歩き始めた。駅前に小さな喫茶店があった。その店に入った信子はメニューを広げて暫く迷っていたが、一番高いトロピカル・フルーツパフェを選んだ。どうやら遠慮ということを知らないらしい。

「本当のところ、向井とは殆ど交流はなかったんです。早苗は都会で独り暮らししているけど、私は地元から一番近い短大に進学したから、今でも実家暮らし。だから急いで帰る必要もなかったんです」

口いっぱいにクリームを頬張りながら、ふざけた言葉を返す女である。

「なるほど、そうですか。でも向井さんと永井さんは親しかった？」

「親しかったというのは……、どうでしょうか？」

「おや？　向井さんは家出して永井さんのアパートに泊まっているんですよ」

「そうらしいですね。さっき早苗から聞きました。ちょっと信じられなかったけど」

そこで伊藤はようやく手応えを感じた。信子は早苗とは正反対のぽっちゃり体形だった。

聞き込みをやっていると、不思議なことに、太った女性は口が軽いと感じることが多いのだが、信子も例外ではなさそうだ。いやいや、今の時代、そんなことは言えない。署内の女性からセクハラと言われそうだ。伊藤は心の中で苦笑いをした。

「信じられないって言うのは、二人はそんなに仲が良くはなかったってこと？」

「勿論よ。仲がいいどころか、早苗は陽菜を恨んでいたはずなんだから」

「恨んでいた？　それは穏やかじゃないですね。理由は何だったんでしょう」

「早苗、ボーイフレンドを向井に盗られたの」

「もしかして、下山田英明さん？」

伊藤は実名を出して、信子の反応を見た。

「やっぱり、刑事さんはもう調べられているんですね」

「いいえ、詳しいことは解りませんが、下山田さんは向井さんの行方不明になったというニュースを聞いて、永井早苗さんと二人で向井さんを捜していました」

「ええっー、本当に！」

「永井さんは向井さんが誘拐されたことに責任を感じていたみたいですね」

「それが信じられないのよ」

「向井さん自身は先輩のカレシを横取りしたという意識はなかったんでしょうね」

信子はふんと鼻で笑った。伊藤は不快だった。信子がそれに気づいたか解らないが、彼女は慌てて説明し始めた。

「いいえ、陽菜は早苗と下山田くんが付き合っているのを知っていて、割り込んできたんです」

「変ですね。下山田さんは自分と永井さんが交際していたことを、向井さんは知らなかったと言っていましたが」

「彼はそう思いたかっただけでしょう」

「そうですか。そうだとすると、向井陽菜って子は、随分……」

　伊藤は言葉を濁したが、

「図々しいと思います」

「ですね」

　伊藤は笑って目の前の女に話を合わせることにした。信子の口は更に滑らかになった。葬儀の後であるにも拘らず信子の口から陽菜の死を悼む気持ちは伝わってこなかった。

　向井陽菜を自宅アパートに泊めた早苗が心穏やかでいられたはずはない。彼女は「じゃあね」って言って陽菜と別れたと言っていたが、そんな雰囲気ではなかったんだ。伊藤は話を聞きながら、そう思った。もう十分だろう。伊藤は短大生に礼を言うと、自分のコーヒーは飲みかけだったが、テーブルの上に置かれた請求書を持って立ち上がった。

＊

　伊藤が捜査本部に戻るなり、琴原管理官は伊藤を自分の机の前に呼び付けた。

「どうでしたか。何か耳寄りな情報は得られましたか？」

その口調から、彼があまり期待をしていないことが伊藤には解った。

「ええ、それなりに」

「ほう、それは？」

「向井陽菜って子は同性からは嫌われる性格だったということです」

伊藤は胸を張って答えた。琴原がきょとんとする。

「はあ？　同性から嫌われるって、陽菜の場合、怨恨の末の殺人じゃないでしょう」

「いいえ、管理官、解りませんよ」

「すると、陽菜を恨んでいる人間はいたってことですか。誰です、それは？」

「まだ報告できる段階ではありません」

「何だって！　だいたい、あなたの調査報告書、毎回、手抜きもいいところだ。報告書がまともに書けないんなら、成果を出してください。成果を！」

琴原は机をバーンと叩いた。伊藤は一礼すると自分の席に戻った。事件の進捗状況が芳しくない中、管理官は刑事部長から厳しく叱責されているらしいことを聞いている。

陽菜に恨みを持っていて、陽菜が死んでから、得をした女が一人いる。永井早苗は何らかの方法で神宮寺と接触し、神宮寺に陽菜を誘拐させたのかもしれない。下山田と一緒に探偵まがいに嗅ぎまわっていることも何となく作為があるのではと思える。彼女は鈴木愛奈にも似ているが、化粧っ気のない顔はより知的に見える。

「まさかな」

伊藤は声に出してから首を横に振った。イケメンの男と付き合うことが、得をしたことになるのか？　それは、あまりにも俗人の発想である。

下山田の周囲を探っていって解ったことだが、下山田はとっくに向井陽菜と別れている。早苗という女性は、過去に自分のカレシを盗られた恨みがあったとしても……、元カレとよりを戻したいと考えたとしても……。今になって復讐を考えるだろうか？　それほど頭のおかしい女には見えなかった。それでも伊藤は、早苗に対して漠然とした疑いを消すことはできなかった。何か事件と繋がりがあるのだ。何か……。

## 7　後藤弘美

仁邦大学のキャンパスでは、ところどころにキンモクセイが植栽されている。咲き始めは特に香りが強く、秋の到来を意識する。後藤弘美は図書館の窓からキンモクセイを眺めていた。弘美はこの甘い香りが好きなのだが、同時に祖母の言葉をいつも思い出して、笑ってしまう。祖母は「トイレの匂いみたいで好きになれないね」と言っていた。弘美が生まれる前の日本では、キンモクセイの香りはトイレの芳香剤として人気商品だったらしい。

弘美の心の傷はまだ癒えていない。それでも図書館の窓から外を眺めながら、このところ平穏な日々が続いていることを喜んでいた。悪魔からの連絡が途絶えたからだ。弘美にとって、下山田英明は正しく悪魔だった。

数日前から、大学のキャンパスに人相の悪い二人組が現れるようになった。二人は下山田を捜していた。最初、弘美は彼らが下山田と関係がある暴力団員だと思ったのだが、違っていた。殺人事件を調べている刑事らしい。弘美が事件のことを考えていると、水原朋子が本を持って歩いて来る姿が視界に入った。朋子も弘美に気づいたようだ。彼女は軽く頭を下げて躊躇いがちに訊いてきた。

「ここ、いいかしら？」

「ええ、どうぞ」

「あたし、刑事さんに事情聴取されたの。ああ、急にそんなこと言っても、わかんないよね」

「ううん。女子高生誘拐事件でしょう」

「そう。知っていたの。それでね、驚かないでよ。下山田くん、どうやら疑われているみたいなんだ……。えっ、それも知っていたの」

「ええ、片桐くんが教えてくれたわ」

「ああ、あの片桐くん」

弘美が朋子のことを知ったのは片桐秀樹を通してだった。

「どうなんですか？　水原さん、片桐くんとは？」

「うん、いい人よ。でも、やっぱりゴメンナサイって断ったの」

「片桐くん、顔も悪いし、あんまり背も高くないし」

「ううん、そうじゃない。あたしだって美人じゃないし。外見のことじゃなくて、彼、あたしと下山田くんのこと知っているでしょう。だから……、どうしても」

朋子は唇を噛んだ。

「そうよね」

「警察は下山田くんの交友関係を調べているけど、あなたのことは言ってないわ」

「彼から連絡はないの。二週間くらい」

「えっ、そうなの。ねえ後藤さん、あなたどう思う？　下山田くん、犯人かしら」

「解らないわ。でも、犯人だったとしても驚かない」

「そうよね。犯人であって欲しい。あたし酷い目に遭わされたんだから。ねえ後藤さんもそう思うでしょう」

朋子がそう思う気持ちは弘美にも理解できる。

「あたし、あの男の性癖のこと、大学に来た刑事さんに、よっぽど言ってやろうかと思ったんだけど……。正直に言って、いろいろしつこく訊かれるのも嫌だし。早く忘れようと思っているの」

それから弘美は朋子から事情聴取の内容について話を聞いた。しかしマスメディアの報道で知った情報以上のものはなかった。講義の時間が近づいたので、弘美は朋子と別れて図書館を出た。片桐の忠告を聞いていればよかった。今の弘美はしみじみとそう思うのだが、後悔とは少し違っていた。下山田の本性を知る前に、片桐の忠告を聞くという自分は想像できなかった。

＊

片桐秀樹は水原朋子に好意を持っていた。片桐は初めから下山田の本質を見抜いていた。朋子は片桐から「下山田とは付き合うな」と言われたが、。その忠告を無視した。付き合い始めの下山田は朋子に優しかった。それが一か月も経たない内に、下山田は本性を現し出した。変態行為を強要し、それが叶わないと暴力を振るった。下山田は裏社会の人間とも繋がっていた。ある日、朋子は下山田とホテルの部屋で会う約束をしたが、そこには知らない男がいた。朋子はコールガールとして部屋に送り込まれたのだ。

朋子は下山田に何度も別れたいと懇願したが、下山田は決して許さなかった。朋子は恥ずかしい姿を盗み撮りされていた。写真をネットに公開すると言って脅された。それが突然あっさりと別れることができた。下山田に新しいガールフレンドができたから。いや、ガールフレンドではない。悪魔の餌食。それが後藤弘美だった。

弘美が下山田と付き合い始めた頃、突然、片桐が現れて、下山田の本性を教えてくれた。「下山田とは付き合うな」と言われた。しかし弘美は片桐を頭がおかしい人だと思い、忠告を聞く耳を持たなかった。弘美が自分の愚かさに気づいたのは、下山田に暴力を振るわれた時ではなかった。下山田が自分を他の男の貢物にしたことを知った時だった。片桐は水原朋子の名前を言わなかったが、下山田の友達に話を聞いて、自分と付き合う前の下山田のガールフレンドは水原朋子だと知った。そして朋子に会って相談することにした。朋子は涙ながらに話してくれた。それは自分が受けたことと全く同じだった。それで弘美は下山田と別れる決心をしたのだった。

弘美が下山田に別れ話を切り出すと、下山田は前にも増して、弘美に酷い暴力を振るった。それなのに、ぱったりと下山田からの連絡が途絶えた。弘美は朋子が下山田から別れられた時と同じように、下山田に新しい餌食ができたのではないかと思った。もしそうなら、その子は可哀想だ。弘美は知らない相手に同情していた。

＊

弘美が履修科目の聴講を終えて、講堂を出た時のことである。刑事に声を掛けられた。その日は若い刑事一人だった。

「すみません。下山田英明さんのことで、少しお話を伺いたいんですが」

警察はついに自分に辿り着いたのだ。弘美はそう思った。決して自分から友達に喋ることはなかったが、ひた隠しにしていたわけではないので、弘美が下山田と付き合っていたことを知っている人はいる。その誰かが刑事に話したのだろう。弘美は朋子の言葉を思い出した。

『あの男の性癖のこと、よっぽど言ってやろうかと思ったんだけど』

朋子は下山田と完全に別れられたようだから、あえて自分の過去を告白する必要はなかった。でも、弘美は完全に別れられたのか、まだはっきりしない。連絡が途絶えているというだけかもしれない。下山田が逮捕されれば、弘美は安全になる。弘美は刑事の顔を見ながら、そんな計算をしていた。太った怖い顔の刑事ではなく、この刑事なら、話しやすそうだ。そう自分を説得した。弘美は勇気を出して口を開いた。
「下山田くんのこと、お話しします」

## 8　永井早苗

早苗がその年老いた女に気づいたのは、実家の最寄り駅から列車に揺られて十五分ほど経ち、黄昏が近づく頃だった。女は急に立ち上がり、列車の中を右に行ったり左に行ったりを繰り返した。だぼっとしたチュニックを着ていた。女は見るからに覚束ない足取りで、何かを探しているようだ。意味不明の言葉まで発している。他の乗客も気づいたようだが、気味悪そうな顔をして彼女を眺めるだけだった。

心配になって声をかけようかと思った早苗だったが、躊躇っている間に、女は車両の前方に進み、通路ドアの横に配置された透明のプラスティックに手をやった。そうとう焦っていたのか、真ん中の赤いボタンがうまく押せない。二、三度失敗してから、突然けたたましい警報音が車内に轟いた。車内非常通報装置、所謂SOSボタンである。鼓膜を刺すアラームはかなり長く続いた。列車はゆっくり停まった。

「ただいまボタンを押された方、どうかされましたか」

彼女はインターホンに向かってモゴモゴ言っていたが、一向に要領を得ない。少し認知症の傾向がありそうだ。そのうち制服姿の運転手が駆け足でやって来るのが見えた。早苗の地元の沿線はワンマン列車の便が大半であり、車掌が乗務していない場合が多い。

運転手と女とのやり取りを耳にしながら大方の状況が理解できた。女はうっかりして降りるべき駅を通過してしまったのだ。運転手は彼女に、次の駅で降りて下り列車に乗るように言ってから、車両前方に戻っていった。まもなく列車は出発した。二分ほどで駅に着いた。しかし女はシートに座ったまま降りようとしない。彼女が下車しないのは運転席からも見えていたのだろう。運転手が再びやって来て、女に「降りてください」と急かしている。彼女はよろよろと立ち上がった。それに合わせて早苗も立ち上がった。

「運転手さん、おばあさんをここで降ろしちゃだめですよ」

「なんですか？」

「ここは無人駅じゃないですか。おばあさん、間違えずに下り列車に乗れるかどうか」

「ああ、確かに」

運転手は改めて女を見た。

「木坂駅には駅員さんがいたんじゃなかったですか？」

「そうですね。あなたのおっしゃるとおりだ。私としたことが迂闊でした。二駅先の木坂駅で駅員に引き継ぎます」

運転手は女を再び座らせると、運転席に向かった。彼は途中で急に立ち止まって振り返り、早苗にペコリと頭を下げた。

「ありがとうございました」

お礼を言われて、早苗もペコリと頭を下げる。その後、列車は発車した。木坂駅で駅員と女が早苗に対して会釈する姿が車窓から見えた。早苗は少し気恥ずかしかったが、こんな穏やかな日常は嫌いじゃなかった。

高井駅で特急列車に乗り換えて、黄昏がすっかり夜に変わった頃、スマホが鳴った。発信者は穏やかな気持ちではいられない相手だった。早苗は唇を噛んでデッキに行く。

「今、電車なの。実家に帰っていて」

『実家？　ああ、もしかしたら今日は向井の葬式だったんじゃない？』

「ええ、そうなの」

『早苗、出たのか？』

「うん。ごめんね。知らせないで」

『いや、そうか……。刑事、来ていた？』

英明は刑事の動向を気にしている。

「うん、来ていたけど……。どうして？」

『やっぱりそうか。目のギョロリとした年配の方だろう』

「そうよ」

早苗は伊藤刑事の顔を思い出した。

『今日、僕の大学にも刑事が来たんだ。でも、いつもの二人じゃなく、若い方だけだった。刑事は大学の中で、僕のことを嗅ぎ廻っていたらしい。参ったよ』

「下山田くん、自分で犯人を捕まえて身の潔白を証明するって言っていたじゃないの」

『ああ、でも、なんかやばいんだ。僕は決して聖人君子のような生き方はしていないからね。くそっ、このままだと犯人にされそうだ。ああ、早苗、すぐに会いたいんだけど』

「えっ、すぐって？」

『今、何処を走っている？　どうしても会いたいんだ』

　そう言われて、嬉しくないはずはない。でも陽菜の葬儀に出たばかりの今、会いたくない気持ちもある。英明は陽菜を本気で探していた。自分とは違って。そのことに引け目を感じる早苗だった。「いいわ」とは言わずに、今の場所だけを告げた。

『じゃあ一時間くらいで敷絵に着くね。駅前のイタリアンレストランで待っているから』

　早苗は断れなかった。乾いた日常には戻れない。早苗は自分に言い聞かせた。

＊

　一人暮らしも二年目。敷絵駅に着くと、帰って来たという感じがする。イタリアンレストランのドアを開けた。カランカランとベルが鳴った。ここは止まっていた恋の歯車が再び回り始めた場所。テーブルや椅子の木目を見るだけで、切なさが胸に込み上げてくる。でも涙は要らない。英明が奥のテーブル席にいた。

「ありがとう」

　電話の声で心配していたけど。目の前の英明は変わらない声、変わらない笑顔だった。

「ううん」

早苗は首を横に振った。ハンドバッグとソフトケースを椅子に置いてから、英明の向かいに座る。前回はランチだったが、今日は贅沢なディナーになった。レストランを出ても、英明は早苗と一緒に歩いた。歩きながら早苗の心臓はどきどきしていた。英明の口から泊めて欲しい、という言葉は出なかった。早苗は何も訊かなかった。

英明を部屋に入れた時、早苗の頭の中には、陽菜を泊めた時の記憶が回っていた。

「綺麗にしているね」

「あんまり見ないで。恥ずかしいから」

手持無沙汰でテレビをつける。映像はチカチカするだけ。テレビの中の人は、確かに日本語を喋っている。それは解るが、単語が意味を持って繋がらない。まるで自分の知らない外国語。早苗の耳の一方に入り、何も残さず、もう一方へ通り抜ける。

「お風呂、入る?」

「うん」

「バスタオル、これを使って」

「ありがとう」

二人の会話はぎこちなく、観客のいない小劇場の舞台で、芝居のリハーサルをこなすように淡々と手足を動かし、台詞を言っていた。浴室からシャワーの音が聞こえた。英明と入れ違いで早苗が浴室に入った。早苗が浴室から出ると、英明はパッと目の前に現れて、早苗に抱きついてきた。恥ずかしさと嬉しさが同じ重さで早苗を包む。頬が緩む。英明は早苗の髪を優しく撫でた。英明の手が動き、甘美な時間が流れていく。それは永遠に続くかのように思われた。しかし甘美な時間は何の予兆もないまま一瞬にして吹き飛んだ。

「きゃあー」

早苗は悲鳴を上げた。今、自分の身に起きていることが信じられなかった。英明は早苗の臀部を激しく平手打ちを繰り返していた。パチンパチンと高い音が響いた。悪い夢なら覚めて。早苗は祈ったが、夢ではなかった。

「やめてぇ、やめてぇ。どうして、そんなことするのぉ」

「もっと泣け、もっと泣け。ヒーッ、ヒッヒッヒー」

早苗は泣いて叫んだが、早苗の哀願は英明の欲情を駆り立てるだけだった。英明は大きく開けた口から涎を垂らしていた。綺麗だった貌は異様に歪み、おぞましい醜悪さを放っていた。完全に狂っている。そう解った時、更に恐ろしい暴力が早苗の股間を襲った。激痛が全身を走るように感じた。早苗は必死で英明の腕から逃げて。両手を激しく振り回した。自分の拳骨が英明の顔に命中し痛みを覚えた。しかし、それは一回だけだった。英明は難なく早苗を組み伏した。

「いやっ、許してぇ、もう、お願いよぉー」

もはや悲鳴も上げられない。ひりひりする痛みの中で、涙声で哀願するだけだった。本当に殺される。そう思った。早苗はパニックになりそうだった。英明の暴力はエスカレートしていったが、早苗の顔や腕を強くたたきはしなかった。痣になるほどの強烈な打撃は洋服で隠れるところに限定されていた。早苗は全身の痛みに耐えていたが、強烈なボディブロウで、意識は身体から離れ、ベッドをすり抜けて落ちていった。

＊

意識は濁っていた。濁って濁って、ゆっくり近づいてきた。ハイスピードカメラの映像のように緩慢で、じれったくなる。違和感の正体に気づくのは更に遅れた。濁りが沈殿して、徐々に鮮明になってくる。掛け布団の下は裸だった。早苗はいつもパジャマを着て眠る。裸で眠ることはない。すっきりした目覚めではなかった。灰色の渦。何もしたくない。身体のあちこちに不快な感覚が残っている。それは鈍い痛みだった。身体を捻る。

「起きたかい」

その声に早苗はぎょっとした。自分一人じゃない。記憶が蘇った。

「いやーっ」

早苗は思わず声を上げていた。がばっと身体を起こし、掛け布団を身体に巻きつける。目の前に英明がいた。彼は両手を合わせて拝むような恰好をしていた。

「ごめんなさい、ごめんなさい」

英明は両手を合わせていた。まるで悪戯をした小さな子供が怖い母親に謝っているように見えた。早苗は夢中で叫んでいた。

「どうして、どうして？」

「僕はどうかしていたんだ。痛い目にあわせて本当に悪かった」

英明は何度も頭を下げていた。恐ろしい顔で早苗に暴力をふるっていた人間とは別人のようだ。早苗は悪い夢でも見ているような気になった。カーテンから光が漏れているのが解った。今何時だろう。そう思って首を回した。置時計の針は六時を少し過ぎている。ぼーっと時計を見ていると、アラームが鳴った。もぞもぞとベッドから這い出て、服を着る。その時、その部屋に英明の姿が見えなくなっていることに気づいた。腹部に痛みが残っている。英明の暴力は夢ではなかった。その部屋の引き戸を開けるとキッチン。小さなテーブルに、ベーコンエッグと野菜サラダがあった。英明が朝食を作っていた。

「ごめん、悪かった。こんなことで罪滅ぼしにはならないけれど……」

英明は早苗と目を合わせられないようだ。

「帰って！」

何かを考える前に唇が動いていた。英明は何度も頭を下げながら荷物をまとめて逃げるように出て行った。早苗はドアを見ながら、陽菜の顔を思い出していた。その顔は憎らしい笑みをたたえていた。

『永井さん、あたしに感謝してくれてもいいのよ。だって下山田って男、ホントにクズ、どうしようもない男だったんだから』

耳に蘇る言葉を呪いながら、早苗は英明が作った朝食を乱暴に生ゴミ用のゴミ箱に突っ込んだ。心の中で呟く。あなたのいない生活に慣れていたはずなのに。なぜ再び現れたりしたの。

# 第四章　過誤

## 1　伊藤進

陽菜の葬儀の翌日、伊藤が捜査本部の居室に入ると、すぐに高塩が駆け寄ってきた。

「耳寄りな情報ですよ」

「ほんとかよ」

「本当です。でも、伊藤さんの方はどうでしたか？　永井早苗も参列していたって聞きましたが」

「どうしてそれを？」

「伶功大学で、彼女の友人から聞いたんです」

「ふうん、気になるんだな。早苗のことが」

「いえ、そんな、ただ僕は」

「まあいい」

　伊藤は葬儀の後で、三原信子から聞いた話をした。

「つまり、早苗は陽菜を憎んでいたって考えてもおかしくない。そんな陽菜が死んでから、早苗は英明と寄りを戻した。損か得かと言うのも、どうかと思うが、陽菜が死んでから、早苗は得をしたことになる」

　高塩は眉間に皺を寄せて聞いていた。

「早苗は今時の女子大生には珍しく知的な女に見える。実際、頭はいいんだろう。SNSとか何らかの方法で神宮寺という男と連絡を取って『陽菜を誘拐して』と唆《そそのか》したのかもしれない」

「なんてことを。じゃあ、伊藤さんは永井早苗が誘拐の共犯だったって？」

「一つの可能性だ。家出した陽菜は泊めてくれる人を探していた。早苗なら、知り合いに女の子を泊めてくれる親切な人が居ると陽菜に言って、陽菜を松棒市に行かせることも出来るんじゃないか」

「違います。永井さんはそんな女じゃない。彼女は昔のことを根に持って、恋敵に危害を加えようとするような、そんな恐ろしい子じゃない」

「今、おまえ、永井早苗に対して、さん付けしたな」

「あっ、いや」

　高塩はばつが悪そうに視線を逸らす。

「早苗自身、神宮寺が陽菜を殺すことまでは想定していなかったのかもしれない。しかし神宮寺は陽菜を殺してしまった。誘拐を持ちかけたのは自分だからな。後悔していたのかもしれない。口封じと同時に陽菜の復讐をしたってことも」

「違いますって！」

高塩は伊藤の言葉を途中で遮って大きな声を出した。

「向井陽菜と下山田英明はとっくに別れているんですよ。たとえ永井早苗が以前の恋人と、よりを戻したいと思ったとしても、今では、陽菜は邪魔でも何でもないんです！」

伊藤は高塩の顔をまじまじと見つめた。伊藤自身も高塩と同じように考えていたのだが、敢えて早苗への疑惑を訴えて、早苗が無関係なことを確認したかったのだ。

「あっいえ、すみません。ですが、僕はそう思います。永井さん、いや、早苗よりずっと怪しい人間がいるじゃないですか」

「下山田だって言うんだろ」

「下山田って奴、やっぱり酷い男でしたよ。あいつ、女の子との付き合い初めはいいんですが、暫くすると、女の子にとんでもないことを強制していたんです」

「とんでもないことって？」

「陽菜から数えて四番目のガールフレンド、後藤弘美が秘密を喋ってくれました。彼女に辿り着くのは中々大変だったんです。下山田のガールフレンドを探し回って」

「ずいぶんもったいぶるじゃないか。それで秘密って何だ？」

「サディストだったんです。変態行為を強要したり、それが叶わないと、暴力を振るったりしたらしいんです」

「なんて野郎だ」

「それだけじゃないんです。やっこさん、すごい豪勢なマンションに住んで金持ちのぼんぼんかと思っていましたけど、裏社会の人間とも繋がりがありそうなんです」

「マルボウか？」

「多分。下山田は自分の恋人にコールガールみたいな真似をさせていたんです」

「自分の女に売春か。クソ野郎だ」

「女の子と客の間で金銭の授受はなかったらしいんですが」

「全額ピンハネなら、よけいに悪い」

「自分が別れられたのは、下山田に新しい餌食ができたからだろうって、下山田の元カノ、そんなことを言っていました」

「何だって？　じゃあ、今現在の餌食って？」

「そう。永井早苗です」

　高塩はあからさまに悲痛な顔をしていた。

「永井早苗に会おう。昨日は話ができなかったが、彼女が向井陽菜を泊めてやったってことが俺は気になるんだ」

「それは親切心からでしょう。あの子はいい子ですよ」

　ムキになって主張する高塩を見ながら伊藤は思った。やはり永井早苗は女優の鈴木愛奈

に似ている。でも、そのことは言わず、

「さあ、伶功大学まで車を出してくれ」

＊

伊藤と高塩は大学の廊下で待っていた。授業が終わって永井早苗が出てくるのが見えた。

伊藤にとって彼女に会うのは三日連続になる。

「また刑事さんですか」

「次は数珠を忘れないようにします」

「そんなこと」

伊藤は気の利いたことを言おうとしたのだが、それは空振りをしたようだ。

「永井さんは優しい方ですね。恋敵《こいがたき》ともいえる向井さんを泊めてあげた。お葬式にも出られた」

「恋敵なんて大袈裟です。あたしたちは高校時代の友達だった。それだけです」

「そうですか。でも、あんまり自分を責めることはないと思いますよ。向井さんが死んだのはあなたのせいじゃない」

早苗の顔は能面のように見えた。彼女は心の中を刑事に隠している。

早苗は陽菜のことを、本当はどう思っていたんだ？

恨んでいたのか、いなかったのか？

もし、恨んでいて、陽菜の誘拐に関係しているとしたら、一体何をしたんだ？

そんなことを考えながら伊藤は黙って早苗の顔を見ていた。

「あのぉ、下山田さんのこと、まだ疑われているんですか？」

「そういったことは話せないんです」

「そうですよね」

その声は弱々しく、目は哀しげに見えた。二日前「下山田さん疑うなんて」と強く言っていた時とは全く印象が違う。

「何かありましたか？」

「いいえ、何も」

「永井さん！」

急に高塩が呼びかけた。早苗は顔を上げた。

「以前、忠告しましたよね。下山田さんと一緒に素人探偵をするのは、もうやめて下さい。絶対やめて下さい！」

伊藤には、高塩の言葉が忠告というよりも懇願に聞こえた。早苗の顔が引きつるのを伊藤は見逃さなかった。

「下山田さんと何かありましたか？」

「どっ、どうしてです。何もありません」

それは裏返るような声だった。

「老婆心かもしれませんが、下山田という男には注意された方がいいと思いますよ」

伊藤も高塩と同じことを言った。早苗は下を向いて黙っていた。伊藤は陽菜が早苗のアパートに来た時の様子を尋ねた。以前も聞いているが、もし前回の証言と食い違いがあれば、そこを突破口に新事実を導く。事情聴取の定石といえる手法だったが、成功しなかった。早苗は駅に行く途中で陽菜と別れるまでの様子を話した。早苗の記憶力は完全過ぎるくらい完全だった。伊藤は最後の質問に取り掛かった。

「あなたは松棒市のネットカフェ、ご存じでしたか？」

「いいえ」

「向井さんから松棒市のこと、何か聞いていませんか？」

「いいえ」

「向井さんが松棒市に行くことに心当たりはありませんか？」

「いいえ」

伊藤は以前と同じ質問を敢えて繰り返したが、早苗は怒ることもなく、ひとことだけの答えしか返さなくなった。にべもない態度とはこのことだ。伊藤は追及を諦めて早苗を開放した。彼女の証言から事件解決の糸口は見つけられなかった。しかしながら、この日の早苗は何かを隠している。それだけは解った。

「おい、解り易かったな」

「そうですね。彼女、顔色も悪かったです」

「明らかに下山田を疑っているな。少なくとも二日前には疑っていなかったと思うが」

「はい。下山田に関して何か気づいたのかもしれません。或いは後藤弘美のように下山田に暴力を振るわれたのかも」

高塩は唇を歪めた。彼は早苗に対して単なる事件関係者の一人という以上の感情を持っている。伊藤にはそれが解っていた。下山田を疑い出した早苗が第四の犠牲者にならなければいいのだが。伊藤はそう願わずにはいられなかった。

＊

伊藤は琴原管理官にこれまでの捜査から得られた事実を細かく報告した。

「ふうん、高塩くんが言っていた下山田か。まあ確かに気になると言えば気になるな。しかしアリバイがある。君たちはトリックの可能性があると言っていたが、そのトリックを崩す糸口すら掴めていないじゃないか。えっ」

琴原は語気を荒げた。

「はい。下山田が直接殺人に関与しているとは、もはや考え難いと思います。ですが、下山田は一見好青年に見えて、とんでもない男でした。向井陽菜の死は下山田と何らかの繋がりがあるように思えて仕方がないんです。もしかすると次の犠牲者は永井早苗かもしれません。捜査員に彼女の身辺警護をお願いしたいんです」

「おい、身辺警護だと。冗談も休み休み言ってくれ」

「管理官、大学に入ってからの下山田と付き合っていた女性は多かれ少なかれ下山田の暴力の被害に遭っているのは間違いないんです。確認は取れていませんが、もしかすると最初の犠牲者は高校時代、下山田と付き合っていた向井陽菜だったのかも……。そして、下山田が今、付き合っているのが永井早苗なんです」

琴原は溜息をついた。

「解っていると思うが、根拠が希薄だ」

「はい。でも、早苗は下山田と一緒に素人探偵まがいに探っていたんです。彼女自身が気づかないうちに犯人の手掛りを掴んでいるかもしれません」

「犯人が先回りして早苗の口を封じると?」

「太田が殺されたのと同じように」

「うーん」

「管理官、第四の犠牲者が出たら、マスコミは今以上に警察批判を強めるでしょう」

「仕方ないな。解った。なるべく永井早苗の行動が把握できる体制を作ろう。その代り早く事件を解決するんだぞ」

琴原は付帯条項を忘れなかった。二十四時間体制には及ばないものの、早苗の行動には注意が払われることになった。一方、太田のアパート周辺でも捜査員の聞き込みは続けられていた。そんな中、一つの目撃者情報が得られた。目撃者は四十代の男で夜の仕事をしていた。自宅に帰るのは大抵深夜の零時近くになるという。駅から自宅に帰る途中に太田のアパートがあった。目撃者はアパートの二階の外通路を急いで降りてくる男の姿を見ていた。印象に残っていたのは、男の歩き方が少し不自然だった為である。

当初、目撃者はアパートの住人だろうと思っていたらしく、自分から進んで警察に話すようなことはしなかった。そんな彼だったが、帰宅途中、深夜の聞き込みをしていた捜査官に声を掛けられた。それで話すことになったのだ。

目撃者が見た男は野球帽を被ってモスグリーンのジャンパーを着ていた。黒っぽい顔だったようだが、遠かったので人相は解らなかった。小太りでジャンパーが全体的にモコッと膨らんだ感じだったという。背はあまり高くなく、一メートル六十センチから一メートル七十センチくらいだろうという話だった。目撃された時刻が死亡推定時刻の直後だったこともあり、この謎の男が、事件のカギを握る重要人物として捜査線上に急浮上した。

下山田英明は一メートル八十センチ以上あったので、明らかに謎の男とは別人とされた。捜査員が聞き込みをした関係者の中で、目撃者の証言に最も近い人間は、ネットカフェ・サフランドのオーナー、鳥居祐介だった。

「あの階段を鳥居に歩かせて、面通しが出来ればいいんですが」

「今の段階で、その店のオーナーに協力を願い出るのは……」

「管理官、牧野刑事はネットカフェの鳥居と殆ど同じ体形です」

「そうか、なるほど。じゃあ牧野くんに代役を勤めてもらおう」

代役の刑事が現場に立って、目撃者に確認してもらうことになった。目撃は深夜の零時少し前だった。目撃時の見え方がほぼ同じになるように、現場検証は目撃時刻の三十分前から始められた。

「牧野刑事、そこから階段を下りてきて下さい」

伊藤が手を上げて合図をする。二階の外廊下で待機していた捜査員はアパートの外階段を降りてくる。

「どうですか?」

刑事が目撃者に尋ねる。

「うーん、何て言えばいいのか、もっとぎこちない歩き方でしたね。急ぎながらも、足元に気をつけているって感じでした」

目撃者の注文を受けて牧野は数回やり直し、大袈裟にびっこを引くような歩き方をした時に目撃者は言った。

「ああ、そうです。歩き方はそんな感じでした」

やはり歩き方が不自然だった。謎の男は脚を怪我しているのかもしれない。関係者の中に、そんな歩き方をする人間はいない。担当刑事は目撃者に礼を述べて、帰ってもらった。現場検証に立ち会った捜査員たちは全員が重い足取りで帰路についた。

＊

「伊藤さん、ジャンパーの男って小太りじゃないかもしれません」

翌日、高塩が伊藤に言った第一声である。伊藤もそのことは頭の片隅にあった。

「伊藤さんみたいな人は痩せた人に変装できませんが、僕のような痩せた人間は服の下にたくさん着こむだけで太った人に変装するのは簡単です」

「ああ、俺はデブだからなって。おい、よけいなお世話だ」

「デブなんて言ってないですよ、僕は……。ただ、細身の片桐がジャンパーの男かもしれないと思ったんです」

「片桐？　誰だ、それ。推理小説だったら、反則だぞ」

「ああ、すみません。でも伊藤さんも会っている人です。下膨れした顔の学生です。下山田が仁邦大学を休んでいた時、下山田のことを悪く言っていた」

「ああ、あの学生か」

「後藤弘美に、下山田がサディストだと教えられた時、彼女から片桐って学生のことも聞いていたんです。片桐は下山田のガールフレンドの水原朋子に片思いをしていたようなんです。その時は片桐が事件に関係しているなんて思わなかったけど」

「関係がありそうなのか？」

「いえ、解りません。でも背格好から言って、片桐がジャンパーの男に変装するのは簡単です。片桐は下山田を恨んでいたみたいだし、下山田を罠にかけようと考えても、おかしくないんじゃないかと……」

「下山田を罠に掛けるもなにも、下山田にはアリバイがあるんだぞ」

「ええ、だから未だ何も解りません。ただ……」

「なあ、おまえ、勘なんだろ。さあ吐け、吐くんだ。高塩」

　伊藤は芝居がかって高塩の両腕を掴んだ。勘に頼る伊藤の捜査方針には、決して好意的ではなかった高塩だったが、渋々ながら「まあ、そうです」と自分の勘だと認めた。

「よし、いいだろう。全く雲を掴むような話だが、騙された気になって、おまえさんの勘を頼ってみるか」

伊藤は捜査範囲を片桐の周辺にまで広げることにした。

## 2 永井早苗

早苗は朝食を終えると、大学の授業のない土曜日にも拘わらず、すぐに机に向かって大学ノートを開いた。先週は水曜と木曜の二日続けて大学を休んでしまった。陽菜を捜す為に英明と一緒に敏川市に行っていた。今週は木曜日、大学を休んで実家に帰った。殺された陽菜の葬儀に出る為だった。英明と一緒に時間を過ごすことの幸せで有頂天になっていた時は授業の遅れなんて、全然気にならなかった。しかし英明が酷い男だと知って自分の愚かさに気づくと、授業の遅れが急に気になってきた。早苗は元来、真面目な性格なのだ。

早苗は自分の頭から英明のことを振り払おうと、大学ノートに集中した。同じ講義を取っている友人からノートを借りることができたのはラッキーだった。簡単にコピーを取って読むよりも自分の手を動かして書く方が頭に入る。早苗はそう思っていた。中学時代から、そういう勉強スタイルだった。白いノートが文字で埋め尽くされるのを見ると、達成感があったし、その作業自体が好きだった。

授業内容が頭の中に入っていく。授業の遅れを取り戻していくことで、安心感は増加する。ところが、心の中の不安領域は決して小さくならなかった。それは一定の大きさを維持しているようだ。勉強の不安が小さくなった分、別の不安が大きくなる。下山田英明。今では、彼の顔を思い出すことは早苗の精神状態を不安定にする作用しか及ぼさない。高校を卒業した頃の早苗は後輩の陽菜に憎しみを抱いていた。しかし憎しみは長く持続することはない。一年も経つと、早苗は英明を忘れていた。だから陽菜が突然目の前に現れても、以前のような憎しみが再燃することはなかった。

ところが陽菜は英明のことを口汚く侮辱した。陽菜が英明を罵ることは早苗に対する暴力と同じだった。それでも早苗は耐えていた。

『永井さん、あたしに感謝してくれてもいいのよ。だって下山田って男、ほんとにどうしようもない男だったんだから。あいつ卑怯者よ。暴力を振るうんだから』

陽菜は死んでいるのに、早苗の耳には甲高い陽菜の声が纏わりついた。今では陽菜の言葉の意味が正しく理解できる。高校時代、陽菜が英明と付き合うことがなかったら、当時の早苗は英明との交際を深くしていたと思う。そして英明は自分に暴力を振るっていたのだろう。早苗は自分の心臓に杭が打ち込まれるように感じた。両手を胸に押し当てる。嘘だ、嘘だ。そう思っても、心臓に杭がグイグイと減り込んでいく……。

早苗は両手で胸を押さえた。上半身がグラリと前に傾く。文字で埋まった大学ノートに顔を埋める。独りの部屋で嗚咽は続いた。

「ああ、ああ、どうして……。どうして」

早苗が英明に暴力を振るわれた時は信じられなかった。頭の中が混乱し、その時から混乱は早苗の心を蝕んでいくようだった。頭の中を呪いの言葉がぐるぐると回った。

「彼は病気、彼は病気……。ほんとうは、いい人」

早苗は呪いの言葉とは全く違う言葉を口に出した。すると頭の中の言葉は萎んでいった。いつの間にか胸の痛みは無くなっていた。早苗のスマホが鳴った。ディスプレイを見ると英明だった。早苗は電話に出なかった。音は鳴り止まない。早苗はスマホをクッションで押さえ込んだ。それでも音は漏れる。早苗は着信音の音量設定をゼロにした。

音は聞こえなくなったが、スマホから目を離すことはできなかった。長い間、いや、実際はそんなに長くないはずだが、ディスプレイには下山田英明の名前が表示されていた。やがて、その名前は静かに消えた。早苗は両手を合わせた。早苗にとって、警察が英明を疑っていることは意外だった。たった二日前までは、英明に対する警察の容疑が晴れることを、本気で祈っていた早苗だった。それが今は違う。

『恋は実際に手に入れてしまうよりも憧れている時の方がずっと楽しいもの』

映画のシーンだっただろうか、以前なにかで聞いたような、そんなフレーズが蘇る。

でも私は手に入れてしまった。そして壊れてしまった。いや、壊してしまった……。

「ああ、ああ……」

またもや嗚咽が漏れる。怖くて怖くて堪らなかった。

その日、早苗は部屋に閉じ籠って一歩も外に出なかった。

＊

翌日、早苗は完全ではないものの落ち着きを取り戻していた。午後になって、アパートを出た。道路に見覚えのあるスカイラインが停まっていた。真っ直ぐに歩いて運転席を覗き込んだ。

「刑事さん、どうしてここに？」

それはパンサーとあだ名をつけた刑事だった。

「永井さんのボディガードです」

「あたしの？」

「あなたが第四の犠牲者にならないように」

一瞬、その言葉の意味が理解出来なかったが、すぐに向井陽菜の顔が思い浮かんだ。次に誘拐犯とされた男の顔、そして、ネットカフェで会った店員の顔。

「そうだったんですか」

早苗は次の言葉を考えた。

「これから、買い物に出かけます」

軽く頭を下げてからスカイラインから離れた。歩いて近くのスーパーマーケットまで行った。自分の後ろに距離をおいて、刑事が歩いてくるのが解った。早苗はなるべく気にしないようにと努めたが、それは無理だった。店に入り一周して必要最小限の食品をカゴに入れると、レジカウンターに並んだ。視界に刑事はいなかったが、捜す必要はない。アパートに戻り、自分の部屋の玄関ドアの前まで来てから、チラリとスカイラインの方に目をやった。刑事は既に車の中に戻っていた。彼は早苗に小さく会釈した。早苗も小さく頭を下げてから部屋に入った。

英明にはアリバイがある。そのことを英明から聞いていた。でも、そんなこと、どうでもいい。英明が陽菜を殺した犯人であって欲しい。そして逮捕されて欲しい。早苗は目を瞑って祈った。

## 3 伊藤進

琴原管理官の判断によって、土曜と日曜の二日間、永井早苗にボディガードをつけることになった。伊藤の提案の後、所轄署の刑事が担当することが検討されていたが、伊藤はボディガードにうってつけの刑事を一人知っている。

「早苗のボディガードですが、高塩がいいでしょう」

伊藤の進言は簡単に認められた。

「伊藤さん、どうして僕が？」

「永井早苗を第四の犠牲者にはできない。おまえなら彼女から目を離さないだろう」

伊藤の読みどおり、高塩から不満は出なかった。高塩が早苗のアパートを見張っていた二日間、何事も起こらなかった。土曜日、早苗は一歩も外出しなかった。翌日の日曜日は午後三時過ぎから小一時間外出していたが、近くのスーパーマーケットに買い物に行っただけだった。月曜日、早苗は大学に行き、大学の授業が終わってからは、何処にも寄らずに、自宅アパートに帰ってきた。刑事の目が光っていることに気づいた犯人が、警戒しているという可能性は否定できない。

伊藤は高塩の勘に基づいて、太田が殺された時間帯の片桐のアリバイを調べることにした。伊藤は仁邦大学に行き、片桐が教室から出てくるところを待った。片桐は伊藤を見るとすぐに視線を外した。刑事の顔を覚えていたが、片桐は顔色を変えなかった。

「片桐さんですね」

伊藤が声を掛けると、片桐は目をパチパチさせた。

「どうして、僕の名前を？」

「下山田さんのガールフレンドから話を聞いて、片桐さんのことも伺いました」

「そ、それは……、僕が何だって？」

「親切に忠告してくれたって。下山田さんの悪いところを」

「そうですか」

「我々警察に対しても、下山田さんのことを辛辣に話されていましたね」

「厭な奴です」

「ところで十月十七日の月曜日の夜は何処にいらっしゃいましたか？」

「何ですか？　それは」

伊藤はハッタリをかますことにした。

「片桐さん、あなたらしい人を見たっていう人がいるんです」

片桐は不思議そうにしていた表情を変えない。伊藤は太田のアパートの名前と、そこで、太田が殺されたことを言った。それでようやく質問の重大さを認識したようだ。

「ま、まさか、刑事さん、僕を疑っているんですか。どうして、僕が」

「申し訳ありませんな。いやぁ、私は人違いだと思うんですがね。でも、目撃者が出たんで、一応調べないわけにはいかないんですよ。課長がうるさいもんで、宮仕えの苦しさ、お察しくださいませんか」

「全く警察って。いいですよ、お話しします。ライウィング工業に行っていたんです」

「ライウィング工業？」

「就職活動で」

片桐は自分のアリバイを話しだした。彼は大学二年生だったが、就職活動の一環として、企業のインターンシップに出ていた。数人の参加者と一緒に企業が用意した寮に宿泊していたという。

「まだ、その会社に行くかどうか決めてないですが、くれぐれも慎重にしてください。お願いしますよ」

「それは勿論心得ております。ご協力、感謝します」

伊藤は丁寧に頭を下げて片桐と別れた。大学を出ると、その足で伊藤はライウィング工業に行き、念のために身代わりの可能性も考慮して確認することにした。

「確かに片桐秀樹さんで間違いないですか？」

片桐のアリバイは簡単にウラが取れた。あまりにもあっけなかった。

「やっぱりな。若造に刑事の勘を求めるのは十年早い」

会社のビルを出て、ベテラン刑事は独りごちた。

＊

伊藤は全く収穫がないまま捜査本部に戻ってきた。新しい犠牲者が出ないことはよいのだが、新しい手掛りも出なくなった。時間だけが無駄に零れていく。まるで穴の開いたバケツに水を入れているようだ。伊藤は自分の机に捜査資料を置いて固まっていた。

それが突然、伊藤は取り憑かれたように声を上げた。

「死者が犯した殺人。神宮寺を殺したのは、やっぱり誘拐された向井陽菜なんだ。向井陽菜はもう死んでいる。だから逮捕できないんだ！」

「そんな……。疲れていますね」

高塩は同情と失笑が混じった視線を先輩刑事に送った。

「向井陽菜を殺した犯人は神宮寺じゃない。別にいる」

伊藤は右手を握ったが、高塩はもう言葉を返さなかった。

神宮寺は誘拐した陽菜を殺害した後、彼女を拉致した場所の近くに戻って、雑木林に死体を埋めた。その後、神宮寺は第三の人間によって殺害された。それが捜査本部の統一見解だった。しかし伊藤はどうしても納得がいかなかった。太田は自分が勤めるネットカフェで誘拐される前の陽菜と神宮寺を見ている。その時、店には第三の人間もいた。第三の人間は太田の口を封じる為に殺した。それが捜査本部の統一見解だった。しかし伊藤はこれにも納得がいかなかった。

琴原管理官はネットカフェ・サフランドに出入りした客を徹底的に調べさせた。しかし第三の人間に該当するような者は現れなかった。下山田が太田を殺害することは不可能である。特定された殺害時刻は、神宮寺の殺害時とは異なり疑う余地がない。更に目撃者までいるのだ。伊藤は下山田犯人説を完全に手放した。それにも拘わらず、下山田がサフランドに行って太田を問い詰めていることは、下山田が太田殺害に何らかの関係があると思えて仕方がないのだ。

「くそっ、俺には見えているんだ。誘拐された陽菜が神宮寺を殺したことが……。時間は一方向にしか流れないなんて、いったい誰が決めたんだ」

それは伊藤の独り言だったが、律儀な相棒は答えを口にした。

「アルベルト・アインシュタインですよ」

「はあ？」

「特殊相対性理論です。物体は光の速度を超えることは出来ない。光円錐、つまり光が進み得る範囲では、事象は過去から未来の一方向にしか流れない」

伊藤は思い出した。高塩は学生時代にSF同好会に入っていた。以前、高塩からタイムマシンの講義を受けたことがある。高速で移動する物の中では、停止している物より時間の流れが遅くなるってやつだ。浦島太郎の話は知っている。映画の「猿の惑星」も観た。だからそこまでは理解できた。いや、理解できた気になったが……。速く動く物質は質量が増えていく原理になり、素粒子のニュートリノやタキオンといった専門用語が出てきたら、もうダメだった。酒が不味くなり頭が痛くなったのを覚えている。

「解った。もういい」

伊藤は手を振って、今回は早々に降参の意思を表明した。

＊

太田の死体が発見されてから一週間、空しく時間だけが流れた。犯人は、目撃者の出現すら、嘲笑うかのごとく、捜査陣を茫漠たる昏迷に引きずり込んでいた。

捜査会議で、琴原管理官は苛立ちを露わにして大声を上げることが多くなった。当初、紳士的だった彼は人が変わったようだ。そんな気の滅入る時間を終えて、伊藤が自分の席で捜査資料を読んでいた時、居室にいた女性警察官の声が聞こえた。

「伊藤巡査部長、電話です。回します」

机の上の電話が鳴り、伊藤は受話器を取った。

「はい、伊藤です」

『受付ですが、伊藤巡査部長に面会の方が見えられています。代わりますので、お願いします』

その後、電話の声が変わった。

『女子高生誘拐殺人事件を担当されている伊藤刑事さんですか？』

「そうですが、あなたは？」

『あたし、ある荷物を持ってきたんですが、直接、担当の刑事さんに渡したくって』

「荷物？　事件に関係する証拠品でしょうか？」

『多分そうだと思います。一階のロビーに居ますので』

「解りました。すぐ行きます」

伊藤は受話器を置くなり駆け出した。荷物とは何だろう。陽菜が誘拐される時に持っていた赤いキャリーケースが見つかっていないが、もしかして……。そんな期待をしながら一階に降りると、ロビーのテーブルに鑑識課の脇山がいた。彼は満面の笑みを見せて、伊藤に手を振っている。脇山と向かい合っている女の子のポニーテイルが見える。テーブルに置かれた荷物はキャリーケースではなかった。見覚えがある。さっきの電話の女性だということが解った。伊藤は脇山を睨んだ。

「やってくれるじゃないか」

「恵美ちゃん、美人になっていて、びっくりしたよ。それにしても父親失格だぞ」

悪友は笑いながら親指を下に向ける。娘のポニーテイルがふわりと舞った。

「脇山、おまえだな。こんな悪戯を仕掛けるなんて」

脇山は目の前の少女と伊藤の顔を見比べた。

「着替えを持って来てくれるなんて。なんて優しいんだ」

　脇山は目を細める。恵美は少し頬を膨らませると、スポーツバッグを突き出した。

「あたしは嫌って言ったんだけど、お母さんが行けって、うるさいから」

「照れるところが可愛いねぇ。ああ、俺もこんな娘が欲しいよ」

「ふん、羨ましがるくらいなら、早く結婚しろ」

「お父さん、汚れ物、持って帰るから、出して」

　恵美はつっけんどんに言うが、伊藤は自分の顔が緩むのを抑えられなかった。伊藤が居室に行って、バッグを持って戻ってくると、一人娘はすぐに帰っていった。

「いい子だな。おまえさんに顔が似なくて、良かった」

「ああ」

　無礼な言葉にも怒る気になれなかった。顔もスタイルも頭も脇山には敵わないが、唯一、優越感に浸れるのは娘だ。恵美が生まれた頃は「お父さんにそっくり」と言われて、本当に悩んだ。しかし小学校に入る頃から女房のＤＮＡが頑張ってくれた。

「そうだ。おまえも今日は泊まりなんだろ。久しぶりに一杯やろう」

「何を言うんだ。有事対応の待機だぞ」

「ああ、だからアルコールは一杯だけだ」

　伊藤は下手なウインクをして居室に戻った。

＊

その夜、伊藤と脇山は警察署の宿直室でジンギスカン鍋をつついていた。羊肉がヘルシーだと言って、脇山が材料を調達してきた。「おまえは女子か」と言ってやりたくなった伊藤だったが、言わなくてよかった。ジュワーッと口の中に肉の旨味が広がる。

「なごり惜しいが……」

伊藤はそう言って、ガラスコップに注がれたビールを空けた。脇山のコップはとっくに空になっている。待ってましたとばかりに脇山が目を輝かせる。

「二杯目、開けるか？」

「いや、一杯と決めていたからな」

「おやおや、いつからマジメ人間になったんだ」

「今日だけだ。ところで本当に屍姦だったのか？」

「信じられないか？　変態性欲者の殺人犯は沢山いたじゃないか」

「屍姦が信じられないってことじゃない。向井陽菜が神宮寺よりも先に死んでいることが信じられないんだ」

「なるほど。今でも向井陽菜が神宮寺を殺したって信じているんだ。相変わらず科学的じゃないな」

「ふん、何とでも言え。しかし脇山だって、あの浴室にあった死体を見ただろう。あれは力の弱い女の犯行だ」

「力の弱い女の犯行と見せかけたのかもしれない」

「痛いところを突いてくる。さすが警部補だ」

「俺は勘に頼らないが、おまえさんの勘には一目置いている」

「おだてても何も出ないぞ」

「いいから、おまえの推理を聞かせてくれ」

「そこまで言うなら」

　暫く伊藤は考えていたが、やがて話し始めた。

「陽菜は神宮寺に強姦されてから浴室に向かった。その時、神宮寺の目を盗んで、キッチンから包丁を隠し持って入ったんだ。その後、神宮寺が浴室に入ってきた。陽菜は包丁を振り回して神宮寺を殺した。大量の返り血を浴びただろうな。陽菜はシャワーで自分の身体を洗ってから浴室を出た。浴室に血痕が少なかったのは、その時に流されたからだ」

　そう言った伊藤は改めて確信した。浴室のドアに手を掛けた時、伊藤は「ジャーン」と銅鑼の音を聞いた。ドアを開けると、目に映るリアルな映像とは別の代替虚像（オルタナティヴ・イメージ）が脳裏に重なった。向井陽菜が神宮寺彰兵を刺した映像だ。当然ながら、そんな虚像を見たなんて言えないが。

「それから？」

　脇山は先を促した。伊藤は我に返った。向井陽菜の犯罪に関しては確信を持っていたが、それから先は五里霧中なのだ。

「うむ。それから……、Xがアパートに入って来て、陽菜を殺すんだ。おまえさんが言ったとおり、死体は殺人を犯せない。陽菜が殺される為には、殺人犯Xが必要だ」

「俺の検視結果は無視か。ふん、まあいい。それにしても、それからの後の推理はとっても苦しいな」

「ああ、解っている。しかし全く可能性が無いとは言えないだろう。神宮寺は陽菜を誘拐しているんだ。陽菜は大声で叫んだかもしれない。その声に気づいたアパートの住人が神宮寺のアパートに入り、偶然、浴室で神宮寺を殺害した陽菜を目撃する」

「Xはアパートの住人ってことか……。ふむ、そんな推理小説があったな。確か、アパートの部屋で女が男を殺し、隣に住む男が犯行時の音に気づき、殺人が起きたことを知るんだよな。以前から男は女に好意を持っていて、女の為に死体を遺棄するって話だ」

「ただ、このXは陽菜に同情するどころか、陽菜を殺してしまうんだ。理由は解らん。ベルトのようなもので絞殺していることから、サディスティックな行為の果ての殺しかもしれない。陽菜を殺したXは自分の犯罪の証拠を隠蔽する為に行動したんだ。神宮寺の車で死体を運び、あの雑木林に死体を埋めた。それから車をアパートに戻し、神宮寺の死体はアパートに残したまま、自分は姿をくらました」

「陽菜の死体だけ遺棄して、神宮寺の死体をそのまま放置したのは？」

「神宮寺を殺したのは陽菜であって、Xじゃないからな。死体を隠す必要はないと考えたんだ」

　脇山はニヤリと笑った。

「伊藤のことだから、アパートの住人は調べたんだろうな」

「ああ徹底的にな。しかしアパートの住人の中にXに該当する人間は見つけられなかった」

「残念だったな」

「いや、元々アパートの住人って線はないだろうと思っていた。突発的な殺人には思えない。Xは陽菜を知っている人間じゃないかな」

「下山田って男か？」

「高塩が拘っているが、下山田にはアリバイがある」

伊藤は溜息をついた。自分の特殊能力によって、神宮寺を殺した犯人を見ているのに、それは現実ではあり得ない。何とも中途半端な特殊能力。無い方がましなくらいだ。

「しかし、いい線いっているかも」

脇山は二人だけの時には滅多にしない鹿爪らしい顔をした。

「嘘だろ」

「いや、実は気になっていることがあるんだ。向井陽菜は屍姦ではない可能性がある」

「何だって、おまえさんの検視が間違っていたってことか」

「いや、検視に間違いはない。俺は一度も屍姦だとは言っていないぞ。情交の痕跡はあるが、生前情交ではないと言ったんだ」

「死んでいたんだろ？」

「確実に」

脇山は挑戦状を突きつけるような目で伊藤を見返してくる。

「そうか。そういうことか。しかし一体誰が何の為に屍姦の偽装をする必要があるんだ？」

「解らん。俺が言っているのは可能性があるということだけだ」

脇山は眉間に皺を作った。目的が解らない。そのことが彼の自信に靄をかけていた。それでも検死官の指摘は伊藤に勇気を吹き込んだ。伊藤は真相に近づいている実感があった。刑事の勘で。伊藤は目を瞑り必死で考えた。伊藤がずっと拘っていた向井陽菜犯人説。そこから推理を進めていくべきなのだ。

屍姦の偽装ではないかもしれない。向井陽菜の死体は下着を着けていたじゃないか。我々は生前情交でないことを知っていたから、すぐに屍姦と判断できたが、犯人の意図は情交の偽装だったんだ。何故だ……？　そうか、陽菜が生きていたように見せかけるためだ。

そう思った瞬間、伊藤は頭の中の靄が晴れるように感じた。やはり神宮寺を殺した犯人は俺が考えていた向井陽菜だったんだ。伊藤はそう確信した。

陽菜の父親に、もう一度確認しなければならない。父親は陽菜の声を聞いた最後の一人だ。

## 4　永井早苗

ピンポーン、玄関のチャイムが鳴った。数日前に宗教の勧誘があった。またかしら。早苗はそう思いながら、玄関に行き、覗き穴から外を見た。レンズを通して知っている男の顔が見えた。ドアを開けないわけにはいかない。

ドア越しに相手は笑顔を見せる。それは早苗に緊張以外の何も与えない。

「お休み中、恐れ入ります」

「刑事さん、今日はどうして？」

早苗はドアノブを持ったまま訊いた。

「事件のことで、少しお話を伺わせて頂きたいと思いまして……。あのぉ、いいですか？」

伊藤刑事の目は玄関先でなく、中に入っていいかを訊いていた。その後ろに、いつもの若い刑事がいる。大学では、もう何度も二人に会っている。しかし自宅アパートにまで押しかけてきたのは初めてだった。

「ここじゃあ、駄目ですか？」

「向井陽菜さんが事件に遭う前に立ち寄られた場所なので、出来れば確認させて頂きたいんですが」

「解りました。どうぞ」

刑事は部屋に上った。早苗は二人の刑事にクッションを勧めた。伊藤刑事はさっさと座ったが、若い刑事は早苗に頭を下げてから、随分と緩慢な動作で座った。

「向井陽菜さんがこちらに来たのは十月四日ですね」

「ええ、そうです」

刑事は、その後も陽菜の様子を細かく訊いてきた。それらは既に大学で話したことの繰

り返しだった。早苗がいい加減うんざりしてきた頃、

「実は向井さんの誘拐ですが、狂言だった可能性が高いのです」

「それって、下山田くんから」

「いえ違います。でも、どうしてそう思われましたか？」

「そのぉ、下山田くんが『狂言誘拐の可能性もある』って言っていました」

「それで、どう思われます。あなたは向井さんが狂言誘拐をするような人だと？」

「さあ、解りません」

「ところで、あなたはお父さんと電話で話されたりしますか？」

「父とですか？　いえ、あんまり。母とは時々ありますが、父とは話す話題がなくて」

「やっぱり、そんなものですね。私、中学生の娘がいるんですが、この前、電話で娘の声を聞きながら、それが娘だと気づかなかった。情けない限りです」

　自嘲気味に話す刑事の言葉に、早苗は笑えなかった。

「神宮寺は十月五日、ネットカフェにいた向井陽菜さんの後をつけて、人気《ひとけ》のない雑木林の近くで彼女を拉致した。そして日が変わった十月六日の午前三時過ぎに、自宅アパートから陽菜さんの両親に身代金を要求する電話を掛けています。その時、親御さんは娘の声を聞かせて欲しいと言った。神宮寺はその要求に応えて、陽菜さんの声を聞かせている。その時、陽菜さんは、男の要求どおり金を払えば自分は助かる、という内容の話をしたそうです。随分冷静だと思いませんか？」

「さあ、解りません」

「我々が狂言誘拐だったと考える理由はそれだけではないんです。陽菜さんは両親に反発していた。多くの友人がそう証言しています。学校でもあまり評判は良くありません。所謂不良少女ですね。下山田さんが『狂言誘拐の可能性もある』って言ったくらいだ」

「そんな……、そんなことで、向井が狂言誘拐をしたと、刑事さんは本当に思われているんですか？」

「最初は狂言誘拐じゃなかったでしょう。向井さんと神宮寺との間に接点は全く見つからなかった。神宮寺はネットカフェで見つけた家出少女を拉致した。乱暴して殺そうとしたのかもしれない。しかし拉致された少女は自分の命が助かる方法を考えた。それが狂言誘拐だったんです。向井陽菜なら狂言誘拐くらい企んでも不思議はない。拉致された少女は……、咄嗟にそう考えたんでしょう。素晴らしい機転です。実に頭がいい」

　刑事の言葉は違和感を含んでいた。『向井陽菜なら狂言誘拐くらい企んでも不思議はない』その言葉が強烈なコントラストを作っていた。早苗は訊かずにはいられなかった。

「向井陽菜なら……、それって？」

「そう。もし向井陽菜なら」

　刑事の声ははっきりとしていたが、早苗の問いには答えていない。早苗の唇は震えた。

「刑事さんは、拉致されたのが向井じゃないって？」

　それは禁断の言葉だった。早苗は全身から力が抜けていく感覚の中にいた。

「大丈夫ですか？」

　その声を聞いて、早苗はふと目を上げる。そこには気遣いの眼差しがあった。刑事は自分を心配してくれているのだろうか。早苗は自分の頬を触った。一体自分はどんな顔をしているのだろう。

「大丈夫です」

　刑事の話を聞かなければならない。早苗はそう思った。

「電話で向井陽菜さんの声を聞いたのは父親なんです。私はもう一度父親に会いにいったんですよ。本当に娘さんの声だったかどうかを確認する為に。父親は驚いていましたがね。今になってよく考えると、本当に娘の声だったかどうか、自信がないって言うんです。母親は直接娘の声を聞いたわけではなかった。父親が持っていた受話器に耳を近づけて聞いただけで小さな声だったから、やはり自分の娘かどうか解らなかった。私は思うんですよ。誘拐された少女は相手が母親だったら電話口には出なかったんじゃないかって。電話の相手が父親だったからギャンブルを打った。殆ど父親とは話をしないと、誘拐された少女は陽菜本人から聞いていたから」

　刑事は言葉を切った。早苗の顔から汗が噴き出てきた。

「父親が電話で話したのが実の娘でなかったら……。残酷なことです。誘拐犯から替わって聞いた声は『おとうさん、ごめんなさい』だったそうです。堪らなかったでしょう。父親は精一杯の気持ちを込めて娘の名前を呼んだ。しかし、それが実の娘でなかったら、最後に交わした父親の本当の言葉は……、『そんなにこの家が嫌なら出ていけ』だった。
神宮寺が誘拐した少女が向井陽菜でなかったら……、
向井陽菜は既に殺されていたなら……、
殺されて赤いキャリーケースに詰められていたなら……、
犯人は死体を遺棄する場所を探していたのなら……、
死体を遺棄する前に神宮寺に拉致されたのなら……」
次第に刑事の言葉が早苗の頭に入らなくなっていった。解っているのは自分の両目から涙がボロボロと零れていることだけ。目蓋を重ねると、目の奥であの時の残像が蘇ってきた。

＊

早苗は陽菜の顔を見ていた。陽菜は艶めかしい声を上げて首を動かした。

細い首の前でベルトが交差していた。陽菜は大きくむせてからパチリと目を開けた。

口から吐き出される言葉は未完成だったが、その目は「どうして？」と問いかけていた。

早苗は目を閉じた。意識が消えていく……。

早苗が再び目を開けた時、陽菜は動かなくなっていた。

＊

「永井さん、聞こえていますか？」

辛うじて名前が呼ばれたのが解った。不思議な感覚だった。早苗が追憶の中にいる間に、いつの間にか刑事の話は終わっていたようだ。早苗は刑事の顔を見た。

「永井さん、赤いキャリーケースは何処ですか？」

早苗は力なく頭を下げた。もう逃げられない。向井陽菜として神宮寺に拉致された少女が本当は向井陽菜でなかったら、その少女にすり替われる人間は一人しかいない。

「荷物と着替え、準備してもいいですか？」

「かまいませんが、我々の目の前でお願いします」

その時の刑事の声を早苗は初めて優しい声だと感じることができた。早苗自身、自殺することは考えていなかったが、この刑事は自分の自殺を心配してくれている。そのことが早苗には解った。早苗は落ち着いて荷物をまとめることができた。こんな時がいつか来ることを予期していたような気がする。準備が終わると、早苗は頭を下げて、刑事に向かって両手首を揃えて差し出した。

刑事は毅然とした態度で手錠を出した。銀色に光る手錠。カチャリという音を早苗は確かに聞いた。いつもポーカーフェイスの若い刑事が、今日はやけに怖い顔をしている。手首に触れた金属の硬さと冷たさによって、早苗は罪の大きさを思い知らされた。アパートを出て警察車両のバックシートに身をゆだねた時、早苗は頭の中が解放されるように感じていた。もう事件の隠蔽を考えなくてもいい。

＊

警察署に着いてから、婦人警官に案内されて待合室に通された。

「この後、取り調べになります」

早苗は婦人警官と二人だけで随分と待たなければならなかった。部屋の隅にはウォーターサーバーがあった。婦人警官が紙コップに水を汲んで、早苗の前に置いた。

「もし、良かったら」

早苗は頭を下げて水を飲んだ。その時まで自分の喉がカラカラに乾いていたことすら忘れていた。その後、窓のない無機質な部屋に案内された。中央の机を挟んで早苗の目の前に座ったのは伊藤刑事ではなく、初めて見る女性の取調官だった。歳は早苗の母親と同じくらいだろうか。取調官は自己紹介をしたが、早苗の頭には入ってこなかった。取調官の言葉が早苗の頭に入ってきたのは黙秘権の説明の途中だった。アパートを出てからの自分は自分であって自分でないような感覚だった。

取調室の隅には小ぶりの事務机があり、パンサーとあだ名をつけた若い刑事がパソコンに向かっていた。取調官の質問に対して早苗は最初の言葉を口に出した。

「もし、あのキャリーケースが折り畳めなかったら、こんなこと、しなかったかもしれません」

＊

早苗にとって、十月四日は遥か昔のことのように思える。

陽菜を自分のアパートに泊めた夜のこと。陽菜はすぐに眠ったが早苗は目が冴えて中々眠れなかった。陽菜と一緒の部屋にいることで、緊張感があったのは間違いないが、それを認めたくはなかった。中途半端な眠りの中で早苗は起き上がった。これから自分がすることを考えないようにしようと思った。ふわふわと浮いているような感覚だった。ゆっくり手を伸ばして壁のフックに掛けていたベルトを持った。ベッドの陽菜を見下ろした。ベッドに這い上がり陽菜の上に跨った。ベルトの先を陽菜の首の後ろに滑り込ませた。陽菜はくすぐったそうに声を上げて首を動かした。

早苗は絞殺した陽菜の身体を小さく折り畳むと、二枚のポリエチレンの大袋で死体を包んだ。小柄な陽菜だったから、早苗はキャリーケースに死体を入れて、自宅から運び出そうと考えたのだ。インターネットで、松棒市に人が殆ど近づかないらしい雑木林があることを見つけた。そこなら死体を埋めて一時的に隠すことも出来そうに思えた。

翌朝、早苗は陽菜のボウタイブラウスを着てスキニーデニムを穿いた。普段の早苗なら絶対に着ないファッション。マスクをした姿を鏡に映すと、そこには陽菜にしか見えない少女がいた。早苗は死体を入れたキャリーケースを引きずって自宅を出た。三分も歩くと、自分の計画が実行不可能だと気づいた。陽菜は自分と同じくらい小柄だからキャリーケースで運べるだろうと思って計画した。確かに短い距離を運ぶのなら十分できそうだが、松棒市は隣の県、電車に乗って二時間近く掛かる。いくらキャスターが付いていても、駅に行けば階段の登り降りもある。死体の入ったキャリーケースを都度持ち上げて運ぶのは余りにも難しい。早苗は道端に立ち止まり、暫く途方に暮れていたが、コンビニエンスストアの看板を見て急に解決策を思いついた。それはコンビニから宅配便で死体遺棄現場の近くまでキャリーケースを送り届けることだった。受取スポットというシステムが使える。早苗は再び歩き出した。引きずっているキャリーケースが少し軽くなった気がした。

早苗はコンビニエンスストアでキャリーケースの配送手続きを済ませると、再び自宅に戻り、陽菜の洋服を脱いでバッグに詰めると、自分の洋服に着替えて、大学の授業を受けるために自宅を出た。大学の授業を終えた早苗が電車に乗って松棒市に着いた時刻は十月五日の午後六時少し前だった。この時の早苗は既に陽菜に変装していた。アパートでの殺人を隠すために、この時点で陽菜が生きていたように思わせなければならない。死体遺棄の作業をするのは人の往来が少なくなる夜まで待たなければならない。早苗は駅前のネットカフェで時間を潰すことにした。

午後九時十分頃にネットカフェを出た。受取スポットに指定していたコンビニエンスストアでキャリーケースを受け取ったのは九時三十五分。目的地まではここから歩いて二十分くらいだから、午後十時前から作業に取り掛かれる。早苗はそう考えていた。

キャリーケースを転がしながら暗い夜道を歩いていくと、目的の雑木林が見えた。早苗がほっとした瞬間、背後から光が放たれた。車のヘッドライトだ。大きなエンジン音が聞こえた。早苗は車が通過してから雑木林に入ろうと思ったが、車は早苗の前で急停車し、男が飛び出してきた。

襲われる！　早苗の全身に戦慄が走った。自分が死体を運んでいることも忘れて悲鳴を上げた。その直後、側頭部に強烈な痛みを感じて、あっさりと気絶した。

気がつけば、男のアパートに連れ込まれていた。男が襲いかかってきた。早苗は必死に抵抗したが、男の腕力に抗することなど無理だった。早苗は自分で服を脱いだ。

「妊娠するのはイヤ。ねえ、ゴム持ってないの？」

幸運にも男は避妊具を持っていた。なんとか男を説得して避妊具を付けさせた。苦痛しかない行為の間、早苗は別のことを考えていた。密着していた男の身体が離れた。男がキッチンに行くと、ゴミ箱に捨てた使用済みの避妊具をそっとバッグに隠した。早苗は男の精液を採取することに成功した。その後、早苗は男に狂言誘拐の話を持ちかけた。男は疑わなかった。

「あたし、シャワーを浴びてくる」

早苗は男の前で裸になった。裸では逃げられない。男を油断させる為だった。男の目を逃れて、キッチンにあった包丁を隠し持って浴室に入った。

ザー、ザー、ザー。シャワーヘッドから湯を勢いよく出し続けた。湯気がこもって視界が悪くなる。早苗は浴室の折り戸を半分開けて、甘ったるい声を上げて、男を誘った。

やがて半透明の折り戸を通して、男の姿がうっすらと確認できた。折り戸が開きだす。まだだ。まだだ……。早苗は自分に言い聞かせた。男の身体がすっかり浴室に入り、折り戸が閉められるのを早苗は待った。振り向いた男の顔が醜く笑った瞬間、早苗は右手を振り上げた。男の胸から腹にかけて包丁を力いっぱい突き刺した。

それからのことは殆ど記憶になかった。気がつくと、早苗は死体を見下ろしていた。それから自分の裸を見た。血で汚れているが、どこにも怪我はしていない。奇跡のようだ。神様が助けてくれたと思った。早苗はボディソープを泡立てて、丁寧に自分の身体を洗った。

浴室に飛び散った血痕も全て洗い流した。

早苗は浴室の折り戸を開けた。脱衣所で濡れた身体を拭いてから、ベッドのある部屋に戻った。そこで自分の服を着た。それから乾いたタオルを探して、自分が触った可能性のある壁や家具を拭いて回り、髪の毛を拾い、注意深く自分の痕跡を消そうと努めた。その作業が終わると、車のキーを持って外に出た。駐車場に停められた車に入り、キャリーケースを取り出すと、アパートに戻ってきた。

キッチンでキャリーケースを開けて、ポリ袋に包まれた陽菜の死体を出した。陽菜の背中から自分の腕を滑り込ませて、陽菜を抱きかかえるように持ち上げた。その態勢のまま歩くと、陽菜は足を擦らせていった。陽菜の手を部屋のあちらこちらに付けて回った。それから陽菜をベッドの上に仰向けに寝かせた。陽菜の両脚を広げて股間を観察してから、手を股間に伸ばし、指先を動かした。法医学の知識に乏しい早苗は、それが死体に処置した行為と解ってしまう、とは思っていなかった。

早苗は陽菜の股間から離れると、陽菜の両脚を閉じて、足の先から下着を入れ、その下着を上にずらして陰部を隠した。その後、早苗はキッチンに行き、陽菜を包んでいたポリ袋を持ってきた。それで陽菜を再び包むと、キャリーケースに詰め込んだ。

早苗は外に出て、キャリーケースを車に乗せた。昨年、普通自動車免許を取っていてよかったと思った。ペーパードライバーの早苗は知らない夜の道を慎重に走った。

ザクッ、ザクッ。深更のしじまの中で、早苗はスコップを動かした。外からは木々が鬱蒼として見える雑木林だった。クマザサも群生していた。ただ、中ほどでは、木々の生え方は疎らになり、比較的空いた場所があった。枯れ枝と落ち葉で覆われていた表層の下には、点々と苔が蒸していた。地面にスコップが差し込まれる度に、土は、朽ちた植物と、若葉と、小石と、昆虫の死骸と、その他の固体と液体と気体とが混ぜ合わされた臭いを放った。早苗は地面に膝をついて、穴を掘る作業を繰り返したが、掘られた穴はなかなか大きくならない。小さなスコップでは一度に掘れる土の量は少ない。大きな穴を掘るためには、スコップを動かす回数を増やすしかなかった。

ザクッ、ザクッ、ザクッ。音は陰々と続いていたが、突然、カツンと高い音に変わった。振り下ろされたスコップの先端が大きな石と衝突したのだ。早苗はスコップを置くと、ハンカチを取り出して額の汗を拭いた。木の枝に引っかけられていた懐中電灯の光は効率よく地面を照らしてはいなかったが、穴を掘る作業に支障はなかった。今夜は晴れていて月が出ていた。大きな石の周囲を削り、それを掘り出すと、早苗は肩で息をした。時間をかけたことで、掘られた穴はかなり大きくなっていた。

キャリーケースが月の光を受けて鈍い臙脂色に見えた。早苗はポリエチレンの袋から陽菜の死体を出して穴の中に滑り込ませた。胎児のようにすっぽりと収まった。

バサッ、バサッ、バサッ。隙間を土で埋めて、その上から枯れ枝と落ち葉をパラパラと撒いた。すると、掘り返された場所と他の場所の区別はつかなくなった。

早苗はポリエチレンの袋とスコップをキャリーケースの中に入れると、それを引きずって雑木林を抜け出た。車道に停めておいた車に乗り込むと、大きく息を吐いてから、エンジンをかけた。ステアリングを握り、バックミラーを見てから、ウインカーを出さずに、慎重にアクセルを踏んだ。車を男のアパートに戻したので、早苗が歩く距離はずいぶん長くなってしまった。

夜明け前、始発電車の時間まで駅の外のベンチに座っていた。十月なのに足元から冷気が身体を這い上がってきた。早苗は自分の血が凍っていきそうに感じた。

敷絵駅に着いたのは通勤ラッシュが始まる頃。ふらふらしながら、いつもの朝とは逆の方向に歩いた。自分のアパートに着いた時、ようやく緊張から解放された。二日連続で殺人を犯し、疲労は限界を超えているようだ。ヒリヒリした神経は眠りを妨げるが、神経の高ぶりもピークを過ぎていた。ベッドに潜り込むと、ふわりと支えられた。身体からエネルギーが無くなって肉体が溶けていくようだった。早苗は泥のように眠った。

＊

十月十五日の土曜日、早苗は英明の誘いを断れなかった。一緒に松棒市に着くと英明はネットカフェ・サフランドに入ろうとした。以前は変装していたから気づかれないはずだ。早苗はそう自分に言い聞かせた。しかしそれは間違いだった。

二日後、早苗がいつものように大学に行く途中、敷絵駅で太田に声を掛けられた。

「驚いたか。俺、月曜は休みなんだ」

太田は十月五日にネットカフェに現れた家出少女が向井陽菜とは別人で、男と一緒に陽菜のことを調べていた女であることに気づいてしまった。その時の早苗は、甘く見られたくなかったから、敢えて男言葉でつっけんどんに対応し「後で連絡する」と言って太田と別れた。早苗はその日の授業を終えると、普段は行かない街の洋品店に入った。男物でも通用するモスグリーンのジャンパーとヒール高さが一番高い厚底ブーツを買うと、プリペイド携帯で太田と連絡を取った。その日の夜、早苗が太田のアパートの玄関チャイムを鳴らすと、太田はすぐにドアを開けた。太田は早苗の格好に驚きの表情を見せた。

「ふん、男装の麗人ってわけか」

太田は早苗の後ろを覗き込んだ。誰もいない。

「金は？」

「用意している」

早苗は言った。

「女は？」

「用意している」

早苗は同じ言葉を繰り返した。太田は早苗の後ろを見て、怪訝な顔をする。早苗は無表情のまま堂々と自分の胸に手をもっていった。

「いいだろう」

太田はニヤリと笑って、早苗を部屋に招き入れた。三度目の殺人は落ち着いて実行できたが、現場から逃走する時は、不恰好なガニマタになってしまった。早苗にとって、ヒールが十センチもあるブーツを履いたのは初めてであり、走って逃げるのは難しかった。

## 5　伊藤進

陽菜の父親が電話で聞いた声が本当は陽菜でなかったら……。伊藤がそのことに気づいた時、全ての謎が解けていったが、それは苦い味がした。

早苗は陽菜にすり替われる唯一の人物と思われるが、決定的物証という観点では弱かった。決定的物証は早苗のアパートの物入れから出てきた。折り畳まれたキャリーケースだ。鑑識の検証によって、キャリーケースの内部に、死体からの漏液が見つかった。漏液から採取されたＤＮＡ型は向井陽菜のＤＮＡ型と一致した。

伊藤は居室の壁に掛かった時計を見た。事情聴取が始まる時間である。自分の席で目を通していた捜査資料のファイルを机に置くと、椅子から立ち上がり居室を出た。向かった先は取調室の隣室。取調官は私生活が謎に包まれた美人警部補である。

照明が落とされた部屋で伊藤はマジックミラーの前に立った。

「あなたには黙秘権があります。言いたくないことは言わなくてもかまいません。言いたいことがあれば、いつでも発言することができます。但し、あなたが述べたことは有利不利を問わず証拠となりますから注意して下さい」

真っ赤なルージュがトレードマークの弥永恭子だったが、今日はナチュラルな唇だった。

メイクは戦闘服と彼女は言っていた。今日は戦闘服を纏う必要がないということだろうか。

「向井陽菜さんの死体を、あの雑木林に埋めたのは、あなたですね」

取調官の最初の質問は単刀直入に死体遺棄に関する内容だった。

「もし、あのキャリーケースが折り畳めなかったら、こんなこと、しなかったかもしれません」

「あのキャリーケースなら死体を入れられる。そう考えたんですね」

「向井さんは小柄だったから」

「では、向井さんがあなたのアパートを訪ねた時のことから伺います」

「向井さんは下山田さんのことを口汚く罵っていました。『ほんとうに、どうしようもない男。クズ、クズ、クズだわ』って」

「それに対して、あなたは？」

「私は向井さんに何度も頼んだんです。『やめて、お願いだから、やめて』って。でも、向井さんはやめてくれません」

早苗はがっくりと項垂《うなだ》れて黙ってしまった。

パソコンのキーボードを叩いていた高塩の手が止まる。

早苗の肩は微かに動いていた。必死で何かを言おうとしているのが伊藤には解った。弥永女史は絶妙なタイミングで声をかける。

「それから、どうしても耐えられないことがあったんでしょう」

「笑ったんです。向井さんは……、嘲るように。『先輩、あたしに感謝してもいいくらいよ。

あんな男と付き合わなくて良かったのよ。本当に良かった』って」

「向井さんの言葉を聞いて、どう思いましたか？」

「悔しかったです」

「あなたは下山田さんを愛していたんですね？」

「今は違います。でも、その時は……、私は馬鹿でした」

早苗は下を向いていた。元々小さな身体が更に小さく消えそうに見える。取調官はそんな早苗をじっと見ていた。沈黙は被疑者の動機に迫るための序章だ。

「あなたは向井さんに何度も頭を下げて、下山田さんを罵倒するのをやめてと頼んだ。しかし、彼女はやめてくれなかった。それどころか嘲笑った。それでカッとなって、向井さんの首を絞めた。そうなんですね」

「いいえ……、違います。その時は何とか我慢できました。狂ったように下山田さんの悪口を言っていた向井さんですが、暫くすると興奮も冷めたようでしたから」

「その時は……、ですね？」

「はい。私は下山田さんに対する罵倒を聞くことがなくなって、ほっとしました。でも、また、向井さんは言いだすかもしれない。だからもう寝たほうがいいと思いました。彼女も眠そうにしていたし」

「あなたの部屋のベッドは一つですね。どうやって寝たんですか？」

「向井さんはベッドで、私は床にクッションを並べて敷きました」

「そうですか。それから」

「向井さんはベッドに入ると、今度は両親の悪口を言い始めたんです。びっくりしました。でも、『ああ、気にしないで。いつものことなの。寝る前に親の悪口を言って、ストレス発散するだけなんだ』って」

「そのことで、あなたは何か言いましたか？」

「いいえ、何も。ただ少し悲しくなりました」

「そうですね。それから」

「はい。すぐに向井さんはスースーと寝息をたて始めたんです。つくづく彼女は若いんだと思いました」

「それから、あなたも眠ったんですか？」

「いいえ、向井さんの寝息を聞いていると眠れませんでした。彼女の無邪気な寝息に交じって、彼女が言った下山田さんへの侮辱の言葉が私の耳の中でガンガン鳴って……、うっ、うっ……ううう」

これまで淡々と供述していた早苗だったが、次第に声が、そして肩が震えてきた。それでも、早苗はなんとか感情の高ぶりを抑えると、取調官に頭を下げた。

「ごめんなさい」

「いいですよ」

取調官は感情の入らない声で言った。早苗が落ち着くのを待ってから、

「あなたは眠っている向井さんの首を絞めたんですね」

「多分」

「多分？　覚えていないのですか？　あなた自身も眠っていたのですか？」

「いいえ、眠ってはいません。起きていました。でも、すみません……。殺したことは、それは間違いありません。気がついたら、私は眠っていた向井さんの上に馬乗りになって、彼女の首に巻きついていたベルトを握っていたんです。向井さんはもう死んでいたと思います」

早苗は目を伏せた。自分が殺した向井陽菜に対して黙祷を捧げているように見えた。

「解りました。殺意はなかった。そういうことですね」

「いいえ、殺意はありました」

早苗ははっきりと言い切った。伊藤は驚いた。いつも感情を表さない弥永恭子ですら驚いているように見えた。自ら不利な証言をする必要はないのに……。

「向井をベッドに寝かせる時から、私は彼女の赤いキャリーケースを見ていました。死体をケースに入れて運んで、何処かに埋めてからケースだけは折り畳んで持ち帰ったら……、そんなことを考えていました」

早苗は落ち着きを取り戻していた。

刑事訴訟法において、殺意の有無は量刑に極めて重大な影響を及ぼす。伊藤は常日頃、警察官でありながら、このことに大きな疑問を抱いていた。殺された被害者にとって、その被害者家族にとって、犯人の心神喪失は何の慰めにもならないのだから。

早苗には自分の罪を少しでも軽くしようという気持ちは全く無いようだ。

その後の死体遺棄に関する証言でも、早苗は冷静に話を続けた。

「私が男に襲われた時、ああ、これは私への罰なんだって。そう思いました」

取調官の質問の全てに対して、早苗が黙秘権を行使することはなかった。神宮寺彰兵と太田直の二人を浴室で殺害した行為も伊藤の推理と概ね一致していた。

永井早苗という女は、陽菜が死んでいることを知りながら陽菜を捜していた。陽菜の死体が発見された以降は犯人を捜していた。下山田と一緒にネットカフェに入らなければ、太田と会うこともなかったであろう。太田に脅されて太田を殺す必要もなかったのだ。

早苗は自分の犯罪が露見する虞を知りながら、下山田と一緒に過ごす時間を優先した。あんな屑のような男と一緒に過ごす為に……。

理屈に合わないことをするのが人間。刑事の伊藤にとって、そんなことは今までにも、嫌と言うほど思い知らされてきた。愚かな女と言ってしまえば、それまでだが、あまりにも悲しすぎる。柄にもなく、そんな気持ちになったとたん、警察でスポーツバッグを突き出した恵美の顔が脳裏に浮かんだ。

「聴取はこれで終わります。お疲れ様でした」

弥永女史の澄んだ声が聞こえた。永井早苗の犯罪行為自体は全てが詳らかになった。しかし伊藤が知りたかったことは明らかにならなかった。取調官の弥永は下山田と共に行動していた時の早苗の心の中までは追及しなかった。彼女には鉄の女という異名がある。感情が揺さぶられるようなことはないのかもしれない。伊藤がそんなことを考えていると、早苗は深々と頭を下げた。

「いいですよ、もう我慢しなくても」

取調官はそっと手を伸ばし早苗の肩を撫でた。早苗は顔を上げて驚いていた。

「泣いても、いいんです。ここで」

早苗は唇を震わし、わっと声を上げて、机に突っ伏した。

「ごめんなさい。向井、本当に、本当に」

早苗は堰を切ったように泣き始めた。全身で泣いている。小さな華奢な女が泣いている。恐ろしい殺人を犯した女には思えない。一人の弱い女の泣き方だった。伊藤が今まで見てきた早苗には相応しくない泣き方だった。伊藤の心まで揺さぶられる泣き方だった。取調官は声をかけず、早苗の姿をただ見ていた。その目は微かに潤んでいた。

弥永恭子は鉄の女なんかじゃない。早苗の心の中を追及することなど、所詮不毛のことだと知っていたんだ。

伊藤はマジックミラーから離れて、静かに部屋を出た。

＊

殺伐とした刑事部の居室に戻り、窓辺に立った。弱い陽の光を浴びる。十月なのに、今年は曇った日が多かった気がする。今日も清々しい晴天とは言えない。

居室のドアが開く音が聞こえた。目をやると、取調室から戻ってきた高塩だった。たった一時間半にも拘らず、その顔には疲れが滲んでいる。

「ご苦労さん」

伊藤は相棒に声をかけた。高塩はノートパソコンのバッグをデスクに置く。伊藤が書く字は読めないと、若い刑事によく言われる。刑事が調書の記録をパソコンでするようになったのは、いつからだろう。

「伊藤さん」

高塩は顔を上げた。なんてざまだ。失恋でもしたような顔じゃないか。

「おまえさんの見立ては正しかった。そうだろ」

高塩は唇を歪めた。彼は皮肉と捉えたのだろう。

「ひどい」

高塩は努めて平静な顔を繕っていた。口調も決して激しいものではなかった。しかし、ぶっきらぼうなその言葉に、先輩刑事に対する精一杯の反発が込められていた。伊藤は首を横に振った。

「いや、おまえさんは言ってたよな。永井早苗は昔のことを根に持って、恋敵に危害を加えようとするような子じゃないって。それは正しかった」

高塩はその言葉の真意を推し量ろうとする目で伊藤を見た。

「永井早苗は別れた恋人に幻想の姿を与えていたんだ。下山田英明の真実の姿を見ていなかった。だから、陽菜が言った『下山田って男はどうしようもないクズだった』その言葉に耐えられなかった。他愛もないその言葉が早苗のリミッターをブチ切った」

「ええ、そうです。身勝手な女だ」

　高塩は忌々しそうに吐き捨てる。

「そうとも言える。しかし昔の恋人を侮辱されたことへの反抗だったことも事実だ。彼女の心の中には、卒業後も下山田に対する一途な思いがあったからだ。そんな女の子、今時いるか……。永井早苗は殺人を犯した。三人も。その行為は当然許されない。でもなぁ、今回の犯人は、俺にとっても一番犯人であって欲しくない人間だった」

　高塩の両目は粉をまぶしたように濁っていた。その口は「はい」と動いた。バッグを開けてノートパソコンを出した。折り畳まれたディスプレイを立てる。そんな後輩の姿を伊藤はじっと見ていた。

　高塩はパソコンのケーブルを繋いだが、パソコン本体のスイッチは入れない。

「高塩、おまえ、顔洗ってこい」

　伊藤は濁声を無骨に重ねた。

　高塩は走り出した。刑事の仕事は辛い。しかし、若い刑事が成長する姿を見るのはいいもんだ。伊藤の視界の中、高塩が駆けていく背中が流れた。


（了）

# あとがき

読者が作家といっしょにミステリー小説をつくって出版するという企画は日本初かと思います。本書は登場人物の命名権、会社や商品名を小説内に登場させられる権利、カバー画像の掲載権などをクラウドファンディングによって募集いたしました。おかげさまで多数の御支援をいただき、出版することができました。支援者の皆様、誠にありがとうございました。

作者としては、登場人物、特に主人公の名前には思い入れもありましたので、出版社から企画のオファーをいただいた時は相当迷いましたが、無名の作家、失う者はないと考えて決断いたしました。本作の主人公である「永井早苗」と「伊藤進」が読者の皆様に愛されるキャラクターになることを切に祈っております。

２０２３年12月吉日

**瞬那 浩人**

## ◎文中に登場する社名・店名について

**ＥＰＧＳ研究所（コンサルタント業）**

そこの代表は、ＩＴデバイス企業で世界トップシェア商品群を開発した人で、何を思ったのか、定年直前に赤ちゃん用品企業に移って業界初の新製品を開発した後に、海の見える事務所で独立。

社名はＥＰ社の孫（Grand Son）から。企業戦略・商品戦略から個別商品企画にわたる各ステージを支援。現在はＮＰＯ法人でも中小企業をサポート中。

（伊藤清志氏より）

E-MAIL：epgslab@gmail.com

https：//sites.google.com/view/epgslab/

**無鹿リゾート**

２０１０年に日本で初めて誕生した鹿料理専門店「無鹿」、そして２０１８年、三尾山の麓の農村に移転した「無鹿リゾート」は、１００年余の歴史をもつ古民家で実現する、鹿肉料理と丹波の恵みが堪能できるレストランと１日２組限定の小さなお宿です。

豊かな自然の中に身をおく、とっておきのリゾートを楽しんでいただけます。

（鴻谷佳彦氏より）

E-MAIL：hayama_0038@mxe.nkansai.ne.jp

https：//hayama.main.jp/musica/

◎クラウドファンディングについて

本プロジェクトは、『「家出少女は危険すぎる」(瞬那浩人著)であなたもミステリー小説の登場人物になれる』というタイトルで、CAMPFIRE(キャンプファイヤー)にて支援者を募集して、一定の成果を得て終了したものです。

ご支援いただいた皆様には、たいへん感謝しております。発行が遅れたことについては、申し訳ありませんでした。

以下に、支援者の皆様の氏名を掲出させていただきます(順不同、支援内容については記載しません)。

伊藤進 様、守田鉄朗 様、吉田宗史 様、脇山公彦 様、弥永恭子 様
高塩昌利 様、鳥居祐介 様、澁井徹 様、大槻忠司 様、林和雄 様
伊藤清志 様、鴻谷佳彦 様、岩瀬翔 様、石垣直示 様、金子寛征 様
平野洋子 様、近藤午郎 様、伊東浩史 様、川井利彦 様、坂田収司 様
三木允子 様、織江耕太郎 様、黒米高広 様、ヤマサキコウシ 様
月谷小夜子 様、梅田美穂 様、小林弘樹 様、牧瀬さゆり 様
山本仁 様、長瀬俊晴 様

◎協力挿絵(カラー版はカバー裏表紙の下に掲載)

by ぱこち

by もんたん

◎表紙の女性モデルさんについて

本書の表紙には、二名の女性が協力してくれました。

**清水さえ**

生年月日：1996 年 7 月 10 日

出身地：神奈川県

サイズ：身長 162cm 体重 44kg B78cm
W55cm H 83cm　足 24cm

趣　味：筋トレ、スポーツ観戦

特　技：着物の着付け (準師範)
Jazzhip-hop（7 年)
ミスコンウォーキング

**大山りき**

生年月日：2001 年 1 月 30 日

出身地：静岡県浜松市

学　歴：桐朋学園芸術短期大学卒業

サイズ：身長 163cm 体重 48kg B83cm
W64cm H78cm 足 24cm

趣　味：マカロン作り、街散歩

特　技：バスケのスリーポイント絶対決める
歌

事務所：HTM PRODUCTION　担当：松永博史
TEL：090-3501-1312 MAIL：matsunaga@jship0.com

**平成出版** について

本書を発行した平成出版は、基本的な出版ポリシーとして、自分の主張を知ってもらいたい人々、世の中の新しい動きに注目する人々、起業家や新ジャンルに挑戦する経営者、専門家、クリエイターの皆さまの味方でありたいと願っています。

代表・須田早は、あらゆる出版に関する職務（編集、営業、広告、総務、財務、印刷管理、経営、ライター、フリー編集者、カメラマン、プロデューサーなど）を経験してきました。そして、従来の出版の殻を打ち破ることが、未来の日本の繁栄につながると信じています。

志のある人を、広く世の中に知らしめるように、商業出版として新しい出版方式を実践しつつ「読者が求める本」を提供していきます。出版について、知りたいことや分からないことがありましたら、お気軽にメールをお寄せください。


book@syuppan.jp 平成出版 編集部一同

ISBN978-4-434-33219-7 C0093

家出少女は危険すぎる

令和５年（2023）12 月 13 日 第１刷発行

著　者　**瞬那 浩人**（しゅんな・ひろと）

発行人　須 田 早

発　行　**平成出版**G 株式会社

〒 104-0061 東京都中央区銀座７丁目 13 番５号
ＮＲＥＧ銀座ビル１階
経営サポート部／東京都港区赤坂８丁目
TEL 03-3408-8300　FAX 03-3746-1588
平成出版ホームページ https://syuppan.jp
メール : book@syuppan.jp



発　売　株式会社 星雲社（共同出版社・流通責任出版社）
〒 112-0005 東京都文京区水道 1-3-30
TEL 03-3868-3275　FAX 03-3868-6588

編集協力／大井恵次
本文イラスト／ illust AC
制作協力・本文 DTP ／ P デザイン・オフィス
撮影／安田京右
協力／ HTM PRODUCTION
表紙モデル／清水さえ、大山りき
Print ／ DOz